KB084216

막돼먹은 영애씨

초판 1쇄 찍은 날 2007년 9월 6일
초판 1쇄 펴낸 날 2007년 9월 16일

지은이 | 박민정
드라마 원작 | 박민정 · 한설희
펴낸이 | 서경석

편집장 | 문혜영
책임편집 | 김규진
편집인 | 최하나

펴낸곳 | 도서출판 청어람
등록번호 | 제1081-1-89호
등록일자 | 1999. 5. 31
어람번호 | 제7-0003호

주소 | 경기도 부천시 원미구 심곡1동 350-1 남성B/D 3F (우) 420-011
전화 | 032-656-4452 **팩스** | 032-656-4453
http://www.chungeoram.com
E-mail | eoram99@chollian.net

ISBN 978-89-251-0888-9 03810

막돼먹은 영애씨

박민정 · 한설희 드라마 원작
몰상식한 민정씨 지음

도서출판
청어람

방송작가가 되겠다고 무작정 방송국을 찾아갔던 게 1997년 여름의
일이다.

그로부터 정확히 만으로 10년이 지났다.

집필했던 프로그램 어느 하나 내 새끼처럼 귀하고 소중하지 않은
게 없었지만,

'막돼먹은 영애 씨'는 나에게 굉장히 특별한 프로그램이다.

음지에서 조용히 출발한 이 프로그램을 많은 분들이 찾아봐 주고,
소문내 주고, 사랑해 주었다.

이 모든 게 내가 잘나서라고 막돼먹게 주장하고 싶지만,

그게 아니라는 걸 어느 누구보다 내가 잘 알고 있다.

'다큐 드라마' 라는 맛있는 밥상을 차려놓고 나를 불러주신 tvN
송창의 대표님,

감각적인 연출로 언제나 작가들을 깜짝 놀래키시는 정환석 팀장님
과 연출진들,

항상 나의 곁에서 든든하게 자리를 지켜주는 고마운 후배 작가
들,

(영애 씨를 시작한 이후 거의 부부처럼 지내고 있는 한설희 작가,

초창기 고생하다가 꿈을 찾아 라디오로 떠난 강수희 작가,

묵묵히 제 할 일을 너무나 잘해준 백선우, 권현진 작가.)

실존하는 인물처럼 자연스런 연기를 해주는 우리의 완소 배우들,

'막돼먹은 영애 씨'를 사랑해 주신 많은 시청자 분들…….
.
.
.

모두에게 감사하단 말씀을 드리고 싶다.

또한 부족한 글이 한 권의 책으로 나올 수 있도록 도와주신 청어람의 김율 팀장님, 김규진 대리님, 최하나 주임님에게 진심 어린 감사를 드리며,
예쁜 그림을 그려주신 문수민님께도 감사의 말씀을 드린다.

끝으로 사랑하는 아빠, 엄마, 세상에 단 하나뿐인 나의 숙 언니, 귀여운 동생 선·진, 눈에 넣어도 아프지 않은 조카 도희·도은이에게 이 책을 바치고 싶다.

2007년 9월.

'막돼먹은 영애 씨' 작가 박민정

Contents

감사의 글
프롤로그

첫 번째 이야기

"아직은 29살!!"
이라고 주장하는 서른 살 그녀, 영애 씨

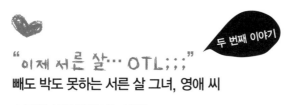

두 번째 이야기

"이제 서른 살… OTL;;;"
빼도 박도 못하는 서른 살 그녀, 영애 씨

세 번째 이야기

그녀, 그녀를 만나다

LET'S 막돼먹자!

Prologue

귀엽거나 막돼먹거나

초등학교 시절,

"영애야, 볼 살이 통통해서 참 귀엽다."

중학교 시절,

"많이 먹어야 그게(살) 다 키로 가는 거야."

고등학교 시절,

"대학 가면 다(살) 빠져. 걱정 말고 공부만 잘해."

대학교 시절,

"너 성격 진짜 좋다. 우리 형 동생 사이하자."

지금의 난

.

.

.

.

.

.

.

.

막돼먹은 영애씨.

이 력 서

			주민등록번호	
성 명	이 영애 ㊞		780608 - 20430 **	
생년월일	1978년 6월 8일생 (만 23세)			

주 소	서울 마포구 연희동 149 - **			
연 락 처	집 02)334-68**	전자우편		
	핸드폰 017-123-45**			
호적관계	호주와의 관계	자	호주성명	발령청

년 월 일	학 력 및 경 력 사 항	
1991 2	Y 초등학교 졸업	
1994 2	X 중학교 졸업	
1997 2	S 여고 졸업	
2001 2	H 대학교 산업디자인학과 졸업	
2001 3	G 컴퓨터 학원 웹마스터 과정 수료	
2001 6	진성기획에서 3개월간 아르바이트	
	(사무보조 , 디자인)	
	*운전면허 소지 (2종자동)	

- 1 -

백만 년 만에 서류 정리를 하다 발견한
이력서와 자기소개서.
6년 전, 이 회사에 들어오려고
저렇게나 발버둥을 쳤다니.
가증스럽게 찍은 사진은 뭐고,
네이버에서 오려 붙인 게 뻔한
저 글은 뭐란 말인가.

아… 쪽팔린다.

첫 번째 이야기

"아직은 29살!!"

이라고 주장하는 서른 살 그녀, 영애 씨

막 돼먹은
영애씨

29. 반란의 시작

시간: 오전 11시 30분

장소: 이름만 대면 누구나 알 만한 모 광고 대행사

작전 수행 대상: 한악천외코 사이에서의 면접 성공 (…하면 좋은)

작전명: 작퇴직은 29살

앞사람이 면접실에 들어간 지 삼십 분이 다 되어간다.

다음이 내 차례.

이렇게 떨어본 게 얼마 만이던가.

스무 살, 전화로 대학 합격 여부를 알아볼 때 이후 정말 오래간만이다. 땀으로 흥건한 손바닥을 쥐었다 폈다 하며 주변을 둘러보았다.

이야, 하나같이 어쩜 저렇게 선남선녀들이지? 😊

거기다 목에 건 사원증은…… 왠지 프로의 냄새가 물씬 난다.

이런 곳이 정말 프로 직장인 것 같다. 이렇게 번듯하고 물 좋은 회사에 단 하루라도 다녀봤으면.

대학 때 그 교수한테 알랑방구라도 좀 뀔 걸 그랬다.

막돼먹은 성질 좀 죽이고 그 프로젝트에 들어갈 걸 그랬나?

그랬으면 나도 이런 회사에 다니고 있을지도 모르는데.

아니다. 외모로 학점이나 주는 그딴 쓰레기 교수 꼴을 보느니 지금이 낫다(는 긍정적인 자기 암시 발동).

벌써 경력 6년차.

취직 안 할 거냐고 들들 볶아대는 엄마의 성화에 못 이겨 지원이가 다니는 '아름다운 사람들'이라는 광고 회사에 이력서를 냈다. 겨우 아르바이트 경력이 다인 나를 단번에 뽑아줄 때부터 뭔가 이상하다 생각하긴 했다.

'설마' 하며 상상했던 것을 현실로 만들어주는 회사일 줄이야. 😔

진짜로 간판 만들고 찌라시 만드는 게 전부일 줄은 상상도 못했다.

그래도 가끔은 진짜 광고다운 일도 할 줄 알았다. 역시나 광고 회사답게 생각의 허를 찌른다.

6년 동안 그런 일은 한 번도 없었다는 거.

그뿐인가. 회사 이름과 전혀 어울리지 않는 인간들만 가득하다.

인간들의 면면을 간단히 설명하자면,

아름다운 사람들

😊 대머리 사장. 쌍팔년도 농담매니아에 야동을 즐긴다.
　　　자칭 센스쟁이.
😊 빤질이 윤 과장. 닳고 닳은 영업맨으로 엄청 느물댄다.
　　　주제도 모르고 영계만 밝히는 진상.
😄 도련님 신입사원 최원준. 아무것도 할 줄 모르는 철부지.
　　　최대 광고주 아들로 낙하산 입사.
😮 돌아이 나의 대학친구 변지원.
　　　돌아이는 돌아온 이혼녀란 뜻으로 사장이 붙여준 별명.
😣 덩어리 바로 나 이영애! 덩어리란 말 역시 사장이 붙여준 별명.

**사장 포함 꼴랑
전직원이 다섯 명이다.**

사장 포함 꼴랑 다섯 명인 전 직원.

지금까지는 짜증나는 일이 있어도 친구 지원이와 서로 믿고 의지하며 다녔지만, 도저히 이대로는 안 된다. 실패를 하더라도 도전이란 이름이 용서가 되는 이십대(생일이 안 지났으니 누가 뭐래도 난 아직 스물아홉이야)이지 않은가!

어찌 되었든 나이 서른—아니다, 스물아홉이다! 나조차도 자꾸 깜빡하다니!—에 아무 비전 없는 이런 곳에 다닌다는 거, 정말 할 짓이 아니다.

이번엔 꼭 됐으면 좋겠는데. 제발 떠나고 싶다, 제발…….

근데 무슨 면접을 이렇게 오래하지?

"이영애 씨, 들어오세요."

드디어 내 차례다. 심장이 뛰다 못해 튀어나올 것만 같다.

또각, 또각.

일렬로 죽 앉아 있는 남자들 앞에 놓여 있는 의자 하나.

그 자리에 앉자마자 바로 들려오는 말,

"이름이 예쁘시네요."

"……감사합니다."

◀》 불안하다. 지금까지 이름이 예쁘다는 말로 시작해서 잘된 적

21

이 없었다. 미팅에서 만난 수많은 남자들. 이름이 예쁘다고 해놓곤 연락조차 없었다.

"지금 다니는 '아름다운 사람들'에서는 주로 어떤 일을 하시는지요?"

"저희 회사는 규모는 작지만 알찬 광고 회사입니다. 디자이너인 저는 지난 6년간 무수한 광고주들을 만나 성심성의껏 광고 디자인 일을 수행해 왔습니다."

📢) 새빨간 거짓말이지만 이해해 주시라. 간판 나부랭이를 만들었다고 말할 수는 없지 않은가! 👩

"왜 회사를 옮기려고 하시죠?"

"지금 다니는 회사도 좋지만, 저 자신을 더욱 발전시킬 수 있는 회사에서 근무하고 싶기 때문입니다. 부족한 것은 많지만 지난 6년간 배운 노하우를 바탕으로 회사 발전에 이바지하고 싶습니다. 뽑아만 주신다면 제 모든 걸 바쳐 열심히 일하겠습니다."

📢) 앗! 또다시 자기소개서에나 쓰는 판에 박힌 말을 내뱉고 있다. 왜 옮기냐뇨. 당근 돈 많이 주고 남들한테 말할 때 쪽팔리지 않은 회사에 다니고 싶으니까 그렇죠. 👩

"수상 경력은?"

"……없습니다."

🔊) 제길, 이럴 줄 알았으면 그때 좀 쓰레기 교수 밑으로 쑤셔 들어가 보는 건데.

…….

…….

꽤 오랜 시간 침묵이 흐른다.

사방이 막힌 곳도 아니건만 답답해 죽을 것 같다.

앞에서 포트폴리오만 뒤적이던 면접관 왈,

"특별한 수상 경력은?"

🔊) 아까 없다고 했잖아. 당신, 혹시 새대가리인가요?

"아, 없다고 하셨죠. 죄송합니다. 만나서 반가웠구요. 저희가 급하게 사람이 필요한 관계로 오늘 오후 안으로 연락을 드리겠습니다. 수고 많으셨습니다."

"수고는요. 감사합니다."

나의 면접 시간은 단 5분 49초였다.

그중 침묵의 시간 3분 49초.

23

천근만근 무거운 두 다리를 이끌고 사무실로 돌아오니 꾸벅꾸벅 졸고 있는 두 진상이 보인다.

사장과 윤 과장.

분명 점심 먹고 돌아와 단잠을 자는 것이겠지. 상사란 사람들이 하는 짓하고는… 쯧쯧.

어쭈? 저것 봐라? 신입사원이라는 인간은 싸이질이나 해대고 있다. 이러니 이놈의 회사가 잘 돌아갈 수가 있나.

"어떻게 됐어?"

◀) 아이고, 깜짝이야! 얜 꼭 귀에다가 속삭이더라.

양치질을 하고 오던 길인지 지원이의 손에는 칫솔이 들려 있었다.

"떨어진 거 같아."

"벌써 결과가 나온 거야?"

"아니, 오늘 안으로 연락준대. 근데 느낌상 안 될 것 같다."

"괜히 엄살 부리지 마. 너 정도 실력이면 꼭 될 거야."

착한 내 친구 지원이.

너 아니었음 팍팍한 이 세상, 정말 살기 싫었을 거 같다.

"점심 못 먹었지? 너 줄려고 도시락 하나 시켜놨어. 탕비실에 가서 먹어."

"아냐. 입맛도 없어."

"일할려면 먹어야지. 몇 숟갈이라도 떠."

지원이에게 등떠밀려 들어간 탕비실에서 도시락을 펼쳤다.

오호~ 역시 지원이야. 내 입맛을 알고 돈까스 도시락으로 주문해 놓다니. 기특한 것. 그렇지 않아도 어제부터 돈까스가 먹고 싶었는데.

한 숟갈…… 두 숟갈…….

어? 어느새 밥 한 톨 안 남은 텅 빈 도시락 통이 눈에 들어온다. 분명히 몇 숟갈 안 먹은 거 같았는데……. 역시 나의 식욕은 그 누구도 따라올 수가 없다. 몸무게가 67.5kg이 된 것에는 다 그만한 이유가 있는 거다.

근데 정말 이상한 건,
밥을 먹고 나니 세상이 좀 다르게 보인다는 거.

방금 전까진 다 짜증스럽게만 보였는데, 배가 부르니 마음이 편해진다. 이래서 밥힘으로 산다는 말이 있나 보다.

분명히 오늘 안으로 연락을 준다고 그랬는데 왜 연락이 없지?

벌써 5시 45분.

오후가 되면서부터 계속 핸드폰 폴더를 열었다 닫았다 하며 안절부

절못하고 있다. 이때,

♬ 머리 맞나. 사람 머리 맞나. 헬멧 같은 이게 정말 머리 맞나.

울리는 벨소리에 후다닥 복도로 나가 떨리는 마음으로 전화를 받았

다.

"여, 여보세요."

"고객님, 대출 필요하지 않으세요?"

휘청, 정말 한순간 풀린 긴장감으로 몸이 휘청였다.

사람 약올리기 딱 좋은 밝고 경쾌한 여자의 음성!!

누가 이렇게 내 전화번호를 흘리고 다니는 거야? 콱! 그냥……!

다시 사무실로 들어가려는 순간 또다시 울리는 벨소리.

이번엔 침착하게 액정을 살펴본다. 아, 오전에 면접을 본 그 회사

전화번호다. 틀림없다!!

죄송하다는 말로 시작하는 전화.

왜 나쁜 예감은 틀리지 않는 걸까. 나의 예상대로 떨어지고 만 것이다. 내가 못생기고 뚱뚱해서 떨어진 거라고 핑계를 대고 싶지만, 능력이 부족하기 때문이란 걸 알기에 입 안이 쓰다.

"영애 씨, 물 없다!"

터덜터덜, 사무실로 들어서는 나를 본 윤 과장이 기다렸다는 듯 소리친다.

생수통이 비게 되면 으레 나를 찾는 저 인간. 입사 초기에 잘 보이려고 한 번 했던 게 평생 덫이 돼버렸다.

사실 한 덩치 하는 나로서는 생수통을 가는 게 별로 어려운 일은 아니다. 하지만 수족 멀쩡한 젊은 놈이 굳이 여자인 나를 시키는 거,

오늘만은 도저히 못 참겠다. 팔을 걷어붙이려는 찰나!

"제가 할게요."

"원준 씨가 왜? 그냥 하던 사람이 하게 둬."

대머리 사장이 나선다.

"이제부터는 제가 하던 사람이에요."

힘든 일이라곤 해본 적도 없을 것 같은 도련님이 꼴에 남자라고 자리에서 일어나 생수통 쪽으로 온다. 바로, 내 코앞으로.

어쭈! 물통을 들어 올리는 팔에 퍼런 힘줄이 돋는 게…… 제법 남자답네. 이것 봐라? 우습게 봤는데 저 자식, 은근히 몸이 좋았잖아?

아니, 지금 내가 무슨 생각을 하는 거야. 저런 어린애한테. 나 너무 오래 굶주린 걸까?

"역시 원준 씨는 곱게 커서 그런지 마음이 참 착해. 다들 잊지 않고 있지? 오늘 원준 씨 환영회하는 거!"

누가 술이라는 이름을 지었을까. 정말 술술 잘도 들어간다.

1차 고깃집에서 맥주 다섯 병은 먹은 것 같은데, 2차로 온 가라오케에서 또다시 술을 들이키고 있다. 여기 와서만 벌써 세 병째인가?

노래방 책을 뒤적이던 지원이가 슬쩍 내 옆으로 온다.

"연락 왔어?"

"보면 모르냐. 안 됐지 뭐."

"병신들. 어떻게 너 같은 인재를 못 알아보냐? 관두라 그래. 지들 손해지 뭐! 안 그래?"

내 기분을 풀어주려고 하는 말이지만, 그렇게 생각하기로 했다.

내가 어떤 디자이너가 될지는 아무도 모르는 것 아닌가. 그래, 당신들 손해라구.

나 뽑아갔음 세계 광고대회에서 상 받을 만한 광고 많이 만들었을걸? 그렇게 사람 보는 눈이 없나? 지금까지의 수상경력이 뭐가 중요해? 앞으로 뭘 할지가 중요한 거지.

생각을 조금 바꿨을 뿐인데 갑자기 기분이 마구 좋아지려 한다.

"영애야, 우리 오늘 재밌게 놀자."

"오케바리!" 😊

갑자기 신이나 내 애창곡 번호를 바로 눌렀다. 하도 불러서 번호까지 외우고 있는 바로 그 노래.

♫ 모든 게 그대를 우울하게 만드는 날이면 노래를 불러 보게

♫ 아직은 가슴에 불꽃이 남은 그대여 지지 말고 싸워 주게

♫ 라라라라~ 후회는 저 하늘에 날리고 라라라라~ 친구여 새롭게 태어나게

악이란 악을 다 쓰며 노래를 부르다 보니 나도 모르게 춤까지 추게 된다.

춤을 추다 보니 세상만사 다 잊은 듯 신이 난다.

♬사람들의 시선에 맘 쓸 것 하나 없네 용기 없는 자들의 비겁한 눈초리에
♬라라라라~ 친구여 마음에 꽃 피우면 라라라라라~ 내일이 찬란히 빛나고~

"덩어리, 저거 왜 저래? 아까까지 기분 안 좋은 거 같더니. 아직 봄
인데 벌써 더위 먹었나?"

"노처녀 히스테리죠 뭐. 왔다 갔다 하는 거, 아님 미쳤을지도 모르
구요."

지금은 그 누가 미쳤다 욕해도 좋다. 사실 조금은 미쳐야만 살 수
있는 세상이기도 하고 말이다. 삶은 고해라고 했다.

어차피 힘든 거 즐기자. 술 마시고 춤추고 노래하고, 얼마나 좋은
팔자인가. 누구나 아는 유행가 가사처럼 알몸으로 태어나서 옷 한 벌
은 건졌다.

그것도 XL 사이즈로.

beautiful people

가끔은 나의 일이 좋다

장소: '아름다운 사람들'의 사장실 겸 회의실

일시: 2007년 5월 어느 날

조인 사람들: 사장, 윤 과장, 이양씨, 편집원, 최원준

"사장님, 다들 모였는데 시작하시죠."

"그럴까? 에…… 우리의 최대 광고주인 최가네 보쌈에서 삼겹살까
지 사업을 확장하게 됐습니다. 그리하야 우리 '아름다운 사람들'에서
CI작업을 맡게 됐으니 모두 열심히 해주기 바랍니다."

"어머! 원준 씨네 장사가 정말 잘되나 부다. 삼겹살까지 하구. 축하해."

"고마워요, 지원 선배님. 다 아버지가 수완이 좋으셔서 그렇죠, 뭐."

"아니지. 원준 씨가 복덩이야, 복덩이. 우리도 원준 씨가 들어오고부터 일이 술술 풀리잖아. 여긴 복덩이, 우리 이영애는 그냥 덩어리~"

"하하하~ 오우~ 센스쟁이."

"윤 과장은 내 유머에 완전 빠졌다니까! 성진 빌딩 건은 지원 씨가 하고 있지? 그럼 최가네 삼겹살 일은 이영애가 맡아서 해야겠다."

"그러죠, 뭐."

"원준 씨도 이젠 일을 배워야 되니까, 이번에 아예 영애 씨가 데리고 첨부터 같이 해봐."

"고맙습니다. 영애 선배님, 열심히 할게요. 잘 부탁드립니다!"

"도련님이 일은 배워서 뭐 하게? 난 도련님 비위 맞춰가며 일할 자신 없는데."

"사담은 나중에 하고. 그럼 지금부터 본격적으로 최가네 삼겹살 CI 아이디어들을 내보자구. 그게 좋겠죠, 사장님?"

"그럼, 그럼. 뭔가 크리에이티브한 아이디어 좀 내봐! 먼저 담당자인 덩어리가 얘기 좀 해볼래?"

"전 지금까지 해온 삼겹살집 간판하고는 다르게 가봤으면 좋겠어요. 세련된 분위기로 가보면 어때요? 색도 그렇고, 글씨체도 그렇고."

"글쎄, 난 아닌 거 같은데. 삼겹살이 뭐야? 서민들 음식이잖아. 구수한 느낌이 나야지. 웬 세련? 안 그래요, 사장님?"

"그래. 나도 그 점에 있어서는 윤 과장 의견에 동의해."

"저기, 그냥 하는 말인데요."

"어, 변지원. 얘기해 봐."

"전 사실 돼지갈비집이나 족발집에 돼지 그림이 있는 거랑, 치킨집에 닭 그림 있는 거 이상하던데. 너무 아이러니하잖아요, 자기 몸 튀겨 파는 데서 웃고 있는 거. 족발 달라구 그러면 자기 손 잘라서 줄 건가? 순대 달라 그러면 내장 꺼내 주냐구요. 끔찍하지 않아요?"

"변지원이 말도 일리가 있지만, 그렇게 하는 데는 다 이유가 있는 거야. 돼지고기 파는 곳엔 돼지 그림, 닭고기 파는 곳엔 닭 그림, 이래야 사람들이 아~ 저걸 파는구나, 먹고 싶다 이런단 말이야. 색도 눈에 팍 픽업되는 게 우선이구."

"그럼 일단 돼지 그림하고 빨간색은 기본으로 하는 걸로 하고. 영애 씨, 뭐 또 할 말 있는 거 같은데. 말해봐."

"이번엔 좀 공격적으로 암퇘지 말구 수퇘지로 가면 어때요? 전보다 더 통통한 느낌으로 갔으면 싶은데."

"암퇘지, 수퇘지가 뭐가 달라? 가슴을 그릴 것도 아니구."

"아니죠, 사장님. 성별에 따라서 느낌이 달라요."

"그래? 그건 니 마음대로 하시고. 난 윙크하는 돼지가 좋던데. 그렇게 할 거지?"

"윙크! 그거 너무 클리쉐 아니에요? 이번엔 반달눈으로 해보면 어떨까요? 그게 더 귀여울 것 같지 않아요?"

"그건 변지원, 니가 잘 몰라서 그래. 윙크가 좋아. 윙크하는 돼지가 식욕을 자극해. 이건 오랜 기간 터득한 내 감이니까 그냥 믿고 따라와. 원준 씨도 뭐 할 말 있어?"

"저기요, 그냥 말씀드려 보는 건데요. 인라인 타는 돼지나, 롤러 블레이드 타는 돼지로 해보는 건 어때요?"

"야! 그게 뭐야?"

"이영애! 뭐라 그러지 마. 새로운 아이디어는 언제든 환영이니까. 원준 씨 아이디어는 너무 앞서가는 아이디어니까 살짝, 아주 살짝 마음속 깊은 곳에 묻어둬. 그럼, 윙크하는 돼지에다…… 색깔은 조금만 더 환하게 가볼까?"

우리는 가끔 이런 회의를 한다.

남들이 보면 웃을지도 모르지만,

우리에겐 간판에 들어갈 색깔 하나, 그림 하나가 정말 중요한 일이
다.

그리고 가끔은, 아주 가끔은

내가 하는 이 일이 좋아지기도 한다.

그와 그녀의 이야기

지원이가 아까부터 나를 빤히 본다.

헉! 괜히 뜨끔해서 고개를 숙이고 딴청을 부려보는 나.

그러자 대뜸 옆으로 다가오더니 귀에 대고 나직하게 말한다.

"너 오늘 선보냐?"

 이년, 정체가 뭐야? 미아리에 돗자리 깔아도 되겠는걸.

"어떻게 알았어?"

"너하고 알고 지낸 게 어언 십 년이야. 십 년이면 강산도 변하는 세월인 거 몰라? 척 보면 알지. 오늘 엄청 신경썼구만, 뭐."

"엄마가 하도 선보라고 해서. 그냥 나가나 볼려구."

) 아, 나도 모르게 나오는 이 비굴한 변명조는 뭐란 말인가!

"뭐 하는 사람인데?"

"제일기획 다녀. 서른여덟 살이고, AE래."

"제일기획 다니면 괜찮지 뭐. 잘해봐."

"잘해보긴, 서른여덟이래잖아."

"야! 우리도 서른이야. 그 정도 나이면 나쁘지 않아. 경제력도 있겠다, 얼마나 좋냐?"

어쩌면 이리 엄마가 했던 말과 똑같을까.

서른여덟이라는 나이에 기겁했던 나에게 엄마 왈,

"니 주제를 알아야지! 그 나이에 어린 놈 만나서 지지리 궁상떨래?"

하긴 그렇다. 이 나이에 남자랑 김밥천국에 가서 데이트하긴 싫다.

지원이의 응원을 뒤로한 채 향하는 맞선 장소.

진짜 별생각이 없다고 생각했건만, 막상 약속 장소가 가까워지자 가슴이 쿵쾅쿵쾅 뛰기 시작한다.

서른여덟이라고~ 기겁할 때는 언제고, 또 남자라고 가슴이 설레발을 치니… 괜히 내 자신이 부끄럽다.

카페 문을 열고 들어가 안을 둘러보았다.

이야, 오늘따라 카페 물 엄청 좋다! 저런 훈남들이 아직도 존재하고 있었단 말인가. 그도 저 훈남들 사이에 있는 걸까? 누구지?

잔뜩 상기된 얼굴로 엄마한테 받은 전화번호로 전화를 거니 듣기 좋은 남자의 음성이 들려왔다. 자신은 안쪽에 앉아 있단다.

두근,

🔊) 안쪽이면 저 미소가 상큼한 녀석도 아니고…

두근,

🔊) 어? 저쪽은 이미 상대가 있고…

떨리는 가슴으로 서둘러 안쪽으로 향한 순간!

밝다! 눈부시게 밝다!

그곳만 조명이 다른 것도 아닌데 말이다. 그는 빛나리(빛나는 대머리)였던 것이다!

분명히 서른여덟이라고 했는데 마흔은 족히 넘어 보인다. 나도 모르게 입가의 미소가 싹 사라지고 굳은 얼굴이 되었다. 이런 내 기분을 아는지 모르는지 그는 차는 나중에 마시고 일단 저녁부터 먹으러 가잔다.

💜 건강 길들이의 웨이트

그는 지금 열심히 삼계탕을 먹고 있다. 꼭 며칠은 굶은 사람처럼 두 손으로 닭다리를 뜯어서는 살이란 살은 쏙쏙 발라 먹기 바쁘다.

심지어 연한 부위는 뼈까지 아작아작 씹어 삼킨다.

식욕 왕성한 나지만 그 모습에 입맛이 싹 사라진다.

힐끗, 한참을 집중해서 먹던 그가 내 눈치를 보더니 왜 안 먹느냐고 묻는다. 그 앞에서 난 애써 웃음 지을 뿐이다.

더운지 이번엔 그가 겉옷을 벗고는 물수건으로 몸 구석구석을 닦기 시작한다.

얼굴, 손, 심지어 겨드랑이까지 물수건 하나로 처리하는 센스!! 지금 보니 그의 와이셔츠는 겨드랑이 부분이 흠뻑 젖어 있다.

삼계탕을 먹어서 더운 걸까, 나와의 이 상황이 더운 걸까?

2002년 월드컵 때 어느 나라 감독이었더라. 꼭 하늘색 와이셔츠를 입고 나왔던 그 감독. 선수들에게 지시를 내리느라 팔을 들어 올릴 때마다 양쪽 겨드랑이가 땀에 흠뻑 젖어서 보기 흉했는데… 갑자기 그 감독이 그와 오버랩된다.

잠깐 사이에 국물까지 들이키는 그. 그때 그의 전화가 울렸고, 잠깐 실례하겠다며 전화를 받는다. 그러더니 나는 잘 모르는 전문 용어를 쓰면서 부하 직원에게 지시를 내린다.

잠깐 실례하겠다고 해놓고 꽤 오랫동안 통화를 한다.

나는 신경 쓰지 않는 듯하다.

💜 강소 간회의 돼이른 후

삼계탕에 차까지 마신 뒤 택시 타고 집으로 향하는 길.

집까지 데려다주겠다는 그의 호의를 거절하느라 애를 먹었다.

"집이 어디세요? 제가 모셔다 드리고 싶어서요."

"네? 아니에요. 괜찮아요. 그리 늦은 시간도 아니고요. 호호호."

🔊) 얼굴이 무기, 아니, 그게 아니지. 근데 이 웃음은 뭐냥? 으, 닭살.

왠지 모르지만 혼자 가고 싶었다.

택시 안에서 바라보는 서울 야경. 불빛이 예쁘기만 하다. 빛이 나는, 아!

43

서른여덟의 대머리…….

이제 나의 상대는 그런 사람인가? 외모로 모든 걸 평가하는 건 참 나쁘다는 걸 가장 잘 아는 나지만, 그래도 씁쓸해진다.

집에 들어서는 순간부터 엄마는 난리가 났다. 오늘 뭐 했냐, 또 만날 거냐 등 내 뒤를 졸졸 쫓아다니며 퍼붓는 질문 공세에 뭐라 말할 틈조차 없다. 그러다 겨우 한마디 내뱉었다.

"솔직히… 만나고 싶지 않아."

내 시큰둥한 대답이 끝나자마자,

"우리도 제발 부조금 좀 받아보자! 저년이 아직도 배가 불렀어, 불렀어. 쯧쯧."

엄마의 혀 차는 소리.

그렇다. 내 배는 항상 불러 있다.

심지어 임산부로 오해받은 적도 있었으니까 뭐.

인상은 어땠냐?

돈은 많이 모아둔 것 같냐?

애프터는 받았냐? 등등…….

출근하자마자 지원이가 이것저것 물어대는 통에 그의 번쩍이는 머리와 땀에 젖어 축축한 겨드랑이가 생각난다. 또다시 마음이 어두워진다. 안 그래도 볼까지 내려온 다크서클 때문에 고민인데 말이야.

정신없이 지원이의 질문 공세에 시달리고 있을 때,

"꽃다발 배달 왔습니다……. 이영애 씨!"

럴수, 럴수, 이럴 수가! 지금껏 꽃다발 배달을 받아본 건 오늘 이 순간이 처음이다. 놀란 건 나뿐만이 아닌 것 같다.

"와~ 내 살다 살다 이런 날이 올 줄은 몰랐네. 이영애가 꽃을 다 받구!! 이게 웬일이야? 잘못 온 거 아냐?"

📢) 뺀질이 저 새끼를 그냥!!

"영애한테 온 거 맞아요. 선본 남자가 보낸 거래요."

"야! 그걸 뭐 하러 얘기하냐."

📢) 지원이, 이 눈치 없는 것. 선본 남자란 말은 왜 하는 거야!

시끌벅적해지자 사장실에서 대머리가 나온다.

"무슨 일인데 이렇게 시끄러워?"

"사장님! 글쎄요. 덩어리, 아니, 이영애가 선본 남자한테 꽃배달을 다 받았습니다!"

"뭐어? 이게 꿈이야, 생시야? 살아생전에 꽃을 받은 거야? 꽃이라곤 죽을 때 국화나 받을 줄 알았더니."

"뭐예요?"

"영애 씨, 이거 사진 찍어둬야 되는 거 아냐?"

"그래! 이 기념비적인 순간을 찍어둬야지! 평생 다시 오지 않을 순간인데."

"저 디카 있어요. 가져올까요?"

"됐어, 도련님!!"

◀) 도련님, 지금 설마 나한테 장난치는 건 아니겠지? 😶

"근데 그 선본 남자, 어떻게 생겼어? 이영애 짝이면… 비슷하게 생겼을라나? 혹… 강호동이야?"

"왜 이러세요, 강동원이래요."

◀) 지, 지원아, 제발 참아주라. 😔

나의 꽃배달 소동으로 회사가 하루 종일 시끄럽다. 뭐, 회사라고 해봤자 꼴랑 전 직원 다섯 명뿐이지만. 커피를 타는 척하며 탕비실에 놓아둔 꽃을 보러 갔다.

음, 예쁜 꽃을 보니 마음도 한껏 예뻐지는 것만 같다. 세상에서 가장 쓸데없는 게 꽃선물이라고 생각했다. 먹지도 못할 것을 왜 굳이 비싼 돈을 주고 사는지.

그런데 이렇게 막상 받아보니 기분이 너무 좋다.

도대체 이게 얼마 만에 받아본 꽃이란 말인가. 대학 다닐 때 잠깐 사귀었던 선배가 사준 장미꽃 한 송이가 처음이자 마지막으로 받아본 꽃이었는데……

문자 메시지가 도착했다는 신호음이 들려 확인해 보니 꽃배달 잘 받았냐고 그가 보낸 문자였다.

가슴이 조금 설렌다. 고맙다는 인사 정도는 해주는 게 예의겠지?

그에게 전화를 걸었다.

"여보세요. 저예요. 꽃 보내준 거 고마워요. 호호."

그는 수줍은 듯 별거 아니라며 저녁에 만나자고 한다. 오늘은 일 때문에 바쁘다고 했더니 그럼 다음에 시간될 때 아무 때나 전화하라고 한다. 평소와는 다르게 가식적인 웃음을 몇 번 흘린 후에 전화를 끊었다. 어느샌가 얼굴이 빨갛게 달아올라 있었다.

그를 만나보라며 적극적으로 나서는 지원이 왈,

"사람은 한 번 봐서는 모르는 거야. 너한테 꽃을 보낼 정도면 호감

이 있는 게 분명해. 게다가 꽃배달을 보낸 거 보면 남자가 센스도 있
네."

나를 그와 연결시키고 말겠다는 엄마 왈,

"맞선을 주선한 사람한테 들었는데, 집안도 꽤 사는 데다 부모님이
그렇게 훌륭하댄다. 또 만나 볼 거지?"

자꾸 그런 얘기를 듣다 보니 내 마음도 조금씩 움직인다.

그래, 나한테 맞는 사람은 저런 사람일지도 몰라.

솔직히 나는 뭐 잘났나? 잘생기고 조건 좋은 킹카가 왜 나를 좋아하
겠어. 어리고 예쁜 여자를 찾는 게 남자의 본성인데 말야.

그나마 나 좋다는 사람이 있을 때 만나보는 것도 나쁘진 않을 것 같
기도 하고…….

그렇게 생각하다 보니 정말 그가 나의 짝으로 나쁘지 않은 듯하다.

처음부터 삼계탕을 먹으러 가자고 했던 털털함,

전화할 때 엿보였던 프로페셔널적인 모습,

꽃을 보내는 자상함,

인상도 수더분한 게 왠지 바람도 안 피울 것 같고 말이다.

그리고 나이 차이가 좀 나면 어떤가. 귀여움 받으며 살면 더 좋지.
어느새 단점으로 보였던 모든 것들이 장점으로 보인다.

타협이라고 해도 좋다.

스물아홉 살, 서른의 경계에서 타협을 모른다는 것도 이상하지 않은가.

이런저런 생각을 한 끝에 결국 그에게 문자를 보냈다.

5분, 10분, 30분, 1시간…….

웬일인지 답이 없다. 바쁘겠지 뭐. 아니면 회식 중이던가.

그래, 제일기획같이 큰 회사에 다니는 사람은 무지 바쁘지 않겠어? 그가 핸드폰을 본다면 아마 그 즉시 답을 보내올 거야. 그러면 만날 약속을 해야지. 밥 산다고 그럴까? 아, 뭘 입고 나가지?

만날 생각을 하니 준비할 것들이 생각난다.

간만에 윗몸일으키기도 좀 하고, 얼굴에 팩을 붙였다.

누군가에게 잘 보이기 위해서 오랜만에 나를 가꾼다.

문자를 보낸 지 이틀이나 지났는데 아직까지 답이 없다.

혹시 문자가 안 갔나? 아니면 밧데리가 없는 건가? 술 마시고 핸드폰을 분실했나?

혼자 이런저런 생각을 해보다가 전화를 해보기로 했다.

신호음이 한참이나 울린 후에야 그가 전화를 받았다.

"아, 연락 못 드려서 죄송해요. 제가 요즘 바빠서요."

"네. 저, 저 괜찮으시다면 다시 만날 수 있을지……."

"……아, 네. 음……."

잠시 머뭇거리던 그가 결국 그러잔다. 그래서 우리는 퇴근 후에 만나기로 했다.

퇴근 후.

약속 장소에 일찍 도착해 자리를 잡고 앉았다.

유리창에 비친 내 모습. 나름 신경 쓴다고 했는데 괜찮은지 모르겠다. 최소한 첫인상보다는 나아 보여야 할 텐데.

핸드폰을 꺼내 보니 약속 시간보다 10분이 지나 있다. 10분 먼저 왔으니까 20분째 기다리고 있는 셈이다.

기다린 지 26분, 드디어 그가 온다.

"조금 늦었습니다."

"아니에요. 저도 방금 왔어요. 차 시키셔야죠. 전 커피 시켰는데……. 아니면, 식사하러 갈까요? 배고프세요?"

"아닙니다. 여기 카푸치노 한 잔이요."

"……."

"……."

어색한 침묵의 시간. 나라도 먼저 나서야겠다.

"꽃 너무 감사했어요."

"감사는요."

"그래서 말인데, 오늘 저녁은 제가 살게요. 요 근처에 맛집이 몇 군데……."

"영애 씨, 저기요……."

중간에 내 말을 끊으며 그가 무슨 말을 하려 한다. 하지만 선뜻 하지 못하고 머뭇거리다가,

"전 영애 씨한테 어울리는 사람이 아닌 거 같아요. 좋은 분 만나세요."

"네……?"

뭔 소리지? 어울리는 사람이 아니라니? 아! 그래, 내가 너무 튕겨서 자존심이 상했구나.

"저는 그쪽한테 좋은 느낌을 받았구요, 계속 만나볼 생각이 있거든요."

이 나이에 튕길 게 뭐가 있나…… 이번엔 내가 접고 들어가자.

"솔직히 말씀드릴게요. 제 나이도 있고 해서 어떻게든 마음 붙이려고 제 딴엔 노력도 해보고 했는데…… 안 되더라구요. 미안합니다."

"노, 노력이요?"

노력이라니. 이게 무슨 소리지?

"아무리 급해도 현실과 타협하는 건 아닌 거 같아요."

"네? 뭘…… 타협하셨는데요?"

"억지로 좀 해볼려고 꽃도 보내고 했는데…… 더 이상은 안 되겠어요."

"억…… 지로?"

기가 막힌다. 나에게 했던 모든 행동이 '억지로'였다니!

"이보세요! 누가 누굴 억지로 만나! 나야말로 당신 억지로 만난 거야. 알기나 알어?"

"이럴 줄 알았어…… 똥 밟았네……."

혼잣말이면 안 들리게 할 것이지. 다 들린다구!

"똥? 이 콩만 한 새끼가 진짜……. 뭐, 똥? 너 진짜 말 다 했어?"

"아씨, 이영애 이름만 듣고 만난 게 잘못이지."

"니가 왜 내 이름을 들먹여? 나 이름 짓는 데 뭐 보태준 거 있냐? 그리구, 그 얼굴로 감히 누굴 지적해? 이 새끼야!"

남들은 쉽게 하는 연애와 결혼이 나에겐 왜 이렇게 힘든 걸까.

난 그저 손을 잡고 같이 걸어갈 사람이 필요할 뿐인데…….

과연 나의 짝이 있기는 한 걸까. 터덜터덜 집으로 향하는 길이 갑자기 서글퍼진다.

집에 들어가자 나를 향해 쏜살같이 달려오는 엄마의 모습이 커다랗게 보인다. 그가 벌써 맞선 주선자에게 나와 싸운 이야기를 한 모양이다. 역시나 생긴 것만큼 쫌생이스럽다.

어떻게 방어할 틈도 없이 엄마는 집안 망신이라고 창피하다며 내 등짝을 사정없이 때리기 시작했다. 매타작에 정신이 번쩍 든 난 지지 않고 엄마의 손을 뿌리치고 대들었다.

"고작 그런 놈한테 엄마는 날 팔아넘기고 싶어!!"

그러자 엄마는 싸가지없는 년이라고 혀를 차며 방을 나가신다.

이씨, 속상한 마음에 괜히 침대를 발로 차버렸다.

아, 아프다. 너무 아프다. 지금 내 마음처럼.

나도 모르게 눈물이 난다. 손으로 아무리 훔쳐 내도 계속 흐른다.

혹시나 누가 들을까 이불 속에 머리를 처박는다.

지금 눈물은 발이 너무 아파서일 뿐이야. 결코 그딴 자식 때문에 우는 게 아니라구.

근데 왜 이렇게 창피한 걸까.

내 울음소리가 이불 밖으로 작게 새어 나간다.

그와 그녀의 짧은 만남 이야기는 이걸로 끝인가 보다.

29의 특별한 봄, 봄바람

봄이다.

다시 한 번 말하지만, 남들이 아무리 뭐라 해도 난 아직 스물아홉이다. 왠지 모르게 말랑말랑하고 하늘거리는 봄바람에 마음이 설레이는, 이십대의 마지막 봄날에 로맨틱한 로맨스를 꿈꾸는 봄처녀.

뭔가 이번 봄은 다르다. 그냥 막연히 누군가를 만나고 싶고, 손잡고 걸어 다니며 도란도란 얘기를 나누다가 그의 따스한 품에 안기는 꿈을 꾸게 된다.

왜 전원일기의 이수나 아줌마가 봄만 되면 춤바람이 나게 되는지 알게 됐고, 왜 봄처녀가 꽃만 말고 이 마음도 함께 따가 달라고 구차하게 부탁했는지 알게 됐다.

그와 함께 쌍쌍이 돌아다니는 것들만 보면 다 패주고 싶고, 날씨가 좋을수록 짜증 지수는 무한대로 높아진다.

속에서 치솟는 짜증대로 승질을 부렸다간 노처녀 히스테리가 어쩌느니, 발정기라느니 또 씹어댈 게 분명하고 말이다.

쳇, 그래도 난 아직 이십대라고!

더군다나 얼마 전에 서른여덟 대머리에게 차인 이후로 다운된 기분이 좀처럼 회복되지 않고 있다. 빨리 잊고 싶은데 왜 이렇게 안 될까?

나이가 들수록 회복력도 늦어지는 건가?

마치 도매급으로 날 팔아넘기려는 듯한 엄마의 태도부터가 맘에 안 들었어. 솔직히 말해 나는 뭐 지가 대단히 좋은 줄 아나? 그냥 봄이고, 또… 나 좋다고 하면 나도 뭐, 정 좀 붙여보려고 그랬던 것뿐인데.

뭐가 어쩌고 어째? 현실과 타협? 억지로 만나려고 했다구?

아, 생각할수록 치솟는 울화통!

정말 남자란 인간들이 싫어진다.

그래, 그냥 쿨하게 삼십대를 맞는 거야~ 홀로 꿋꿋하게 살아가는 거야~

그게 뭐 어때서? 🙍

오랜만에 대학 선배한테서 전화가 왔다. 다음 달에 결혼을 한단다.

그럼 그렇지, 오랜만에 걸려온 전화 중 열에 아홉은 결혼한다는 연락이다. 또다시 도지는 심술궂은 마음을 간신히 접어놓고 이번엔 제대로 축하해 주리라 마음먹었다.

약속 장소인 카페 안.

내가 너무 일찍 왔나? 이상하다. 분명 벌써 도착했다고 문자가 왔는데 도무지 보이질 않는다.

두리번두리번, 어디 있는 거야?

그때 저쪽에서 웬 아리따운 여자가 손을 흔드는 모습이 보였다.

설마 나한테 그러는 건가? 뒤를 돌아봐도 아무도 없다. 그러자 손을 흔들던 여자가 '바로 너'라는 듯 다시 손을 흔들며 활짝 웃어 보인다.

어, 누구지? 자세히 보니…… 헉! 까무러칠 뻔했다.

카페 수질을 1급수로 끌어올린 물 좋은 그녀는, 바로 내 선배였다!

사람의 얼굴이 이렇게 바뀔 수가 있을까.

재용이의 순결한 19에서 옥주현이나 한은정의 과거 사진을 보고 놀랐던 때와 비슷한 기분이다.

그전에도 딱히 못생겼던 건 아니었지만 그보다 훨씬, 정말 너무나 예뻐진 선배.

갸름하던 눈매는 커다란 쌍꺼풀로, 둥그스름하니 귀여웠던 콧망울은 하늘이라도 찌를 듯 높이 솟아 있다. 거기다 턱까지 깎았는지 얼굴이 조막만하다.

"언니, 수술했어?"

"척 보면 알면서 뭘 묻냐? 턱이랑 눈, 그리고 코는 조금 손봤어. 아, 가슴도 했구나."

"웬욜? 무섭지 않았어?"

"무섭지만 어쩌냐. 성형외과 의사가 그러더라, 예뻐지는 게 어디 쉬운 줄 아냐구. 아픈 만큼 예뻐진다더라."

여자는 약하지만 어머니는 강하다고 했는데, 그게 아닌 거 같다.

예뻐진다는 말 앞에 여자는 한없이 강해진다.

선배의 얼굴 충격이 가시기도 전에 내미는 청첩장.

한눈에도 돈을 많이 들인 듯한 비싸 보이는 청첩장이다. 남편 될 사람이 뭐 하는 사람이냐고 묻자 세 살 연하의 변호사라고 한다. 역시 여자는 예쁘면 장땡이로구나.

"영애야, 넌 별일 없구?"

"나야, 뭐…… 항상 똑같지."

말꼬리를 흐리다가 얼마 전에 선봤던 남자한테 차인 얘기를 털어놓았다. 잊고 싶은데 잘 안 된다는 얘기도 주절이 떠들며 내 속마음까지 다 드러내 보이고 말았다. 가만히 듣고 있던 선배가 살짝 미간을 찌푸리며 끝나길 잘한 거라고 명쾌한 결론을 내린다.

무슨 소리냐고 묻는 내게 선배는 너는 세상을, 남자를 너무 모른다며 자신의 이야기를 들려, 아니, 비법을 전수해 주었다.

졸업 후 바로 취직했지만 자신의 일이 전문직도 아니라 더 이상의 비전이 없다고 판단한 선배는 시집 잘 가는 것으로 목표를 바꿨다고 한다.

그 목표를 달성하기 위해 한 노력과 결과를 요약하자면,

1. 성형수술로 외모 바꾸기.

2. 수십 명이 넘는 남자를 만나며 남자에 대해 통달.

3. 그 노하우를 바탕으로 최선의 선택.

4. 결국 전문직인 사(士)짜 남편을 얻는 데 성공.

선배가 말하는 '괜찮은 결혼'이란 이렇다.

결혼해서 다투는 이유가 여러 가지이겠지만, 사실 경제적인 이유가 가장 크다는 것.

더군다나 요즘은 사오정이라고 해서 보통 직장인들은 45세면 회사에서 내쫓기는 판이라는 것.

만약 내가 선본 그와 잘됐다고 해도 결혼해서 애가 초등학교 들어갈 때쯤이면 남편은 회사에서 명퇴당하기 십상인 나이가 되는 것이다. 그럼 아이 교육이랑 생활비는 '어쩔 것이냐?'라는 게 선배의 요지다. 그러면서 덧붙인다.

자신의 변호사 연하 남편은 말을 못하게 되지 않는 한, 앞으로 최소 30년간 돈을 벌어올 수 있다는 것이다.

참 대단한 선배다. 난 남자를 만날 때 그냥 느낌 좋고 나랑 필이 통하고…… 뭐, 그런 식으로 너무 뜬구름 잡는 생각을 하고 있었는데 말이다.

순간, 스물아홉의 나이와 함께 살만 찌운 것은 아닌가란 생각이 들었다. 낼모레가 서른인데도 내 정신적 성장은 중, 고딩에서 멈춘 것은 아닐까?

갑자기 정신이 번쩍 난 나는 선배에게 조언을 구했다. 선배처럼 완벽한 결혼을 하기 위해선 어떻게 해야 하는가.

전문가 입장에서 본 나의 문제점이 무엇인지 물어봤다. 선배는 일단 두 가지를 충고했다.

첫 번째, 외모를 가꾸라는 것. 외모가 바뀌면 인생이 바뀐다.

성형수술이든 마사지든 어떻게서라도 예뻐져야만 한다는 것.

여자들은 남자로부터 연락이 안 올 때 혹시 내가 뭘 잘못했나, 어떤 실수를 했나 고민하지만 사실 그 남자의 속마음은 "넌 예쁘지 않아"라는 것이다.

하긴, 선본 그 재수탱이도 내가 예뻤다면 그런 막말을 하진 않았겠지.

두 번째 충고는 일단 많은 남자들을 만나보라는 것이다.

여기서 선배는 최화정이나 이소라 같은 여자와 나의 가장 큰 차이점이 뭔지 물었다.

그녀들은 엄청 예쁘고, 돈도 많다는 것?

역시나 내 대답은 틀렸다. 그녀들은 좋은 남자가 나타나면 언제든 자기 걸로 만들 수 있지만, 나같이 남자를 못 만나본 여자들은 좋은 남자가 옆에 있어도 알아보지 못할뿐더러 자기 걸로 절대 만들지 못한다. 그 이유는 남자를 다루는 노하우가 없기 때문이란다.

정말 구구절절 맞는 얘기다. 넋을 놓고 얘기를 듣는 나에게 선배는 피가 되고 살이 되는 말을 해주겠다며 핵심 포인트를 몇 가지 덧붙여 주었다.

이름하여, 남자를 만날 때의 몇 가지 법칙!

1. 남자에게는 절대 먼저 전화하지 말 것.

2. 문자 메시지가 오면 가끔 씹어줄 것. 그래야 가치가 올라간다.

3. 데이트 비용은 절대 내지 말 것.

4. 선물 또한 절대 해서는 안 된다.

5. 스킨십은 되도록 미루고 미루는 것이 좋고, 섹스는 정말 마지막에 할 것.

그날 난 같은 여자로서도 몰랐던 새로운 여자의 모습. 그녀들이 살아가는 한 방법을 엿보았다. 저렇게 똑똑하게 사랑하는 법도 있구나.

스물아홉 살에 만난 새로운 세상. 나만 왜 지금까지 그런 걸 몰랐을까 싶다. 게다가 선배와 헤어진 후 서점에 가보니 연애에 대한 코치를 해주는 책들이 이렇게나 많을 줄이야. 그동안 관심이 없어서 그랬는지도 모르지만, 연애에 대한 책들만 두 눈에 한가득 들어왔다.

그중 몇 권의 책을 살펴보니 정말 선배가 해준 얘기와 겹치는 내용이 상당수였다. 모두 이렇게 해라, 저렇게 해라, 똑똑하게 상처받지 않게 즐기며 연애하려면 이런 방법들이 있다는 말, 말, 말.

그런데…….

문득 쓸쓸한 생각이 들었다. 정말 연애에 법칙이 있는 것일까? 세상 사람 모두 얼굴도 가지각색이고 성격도 가지각색인데 몇 가지 법칙으로 사람의 감정을 획일화할 수 있는 것일까?

물론 경험에 의한 충고이므로 구구절절 옳은 말일 것이다.

그렇지만 생각할수록 나는 자신이 없다. 그렇게 똑똑하게, 상처받지 않게 사랑할 자신이 없다. 그렇게 할 수 있는 여자들이 정말 부럽지만, 나는 그렇게 하지 못할 것 같다.

그런 게 연애의 법칙이고 사랑의 법칙이고 결혼의 법칙이라면, 나는 그냥 기권하련다. 일찍이 그냥 장외로 멀찌감치 나가 버리는 것이 나을 것 같다.

P.S 뒤적였던 몇 권의 책들 중에서 나를 푸하핫! 웃게 만들었던 부분이 있다.

"브래드 피트와 조지 클루니의 외모에 간디의 성품
그리고 빌 게이츠의 재산을 하나로 합친 남자를
기준으로 삼겠다는 생각은 접어두기 바란다.
여러분의 소망과는 달리 세상에는 나이가 들수록
빌 게이츠의 얼굴에 간디의 재산을 닮아가는 남자가 더 많다."
『똑똑하게 사랑하라』 필 맥그로.

15개월 된 아기한테는 뭘 사다 주는 게 좋을까?

조카조차 없는 노처녀에게는 이 문제가 한미 FTA나, 비정규직 문제보다도 풀기 어려운 숙제이다.

친구 은정이네 집으로 가는 길. 나는 지금 은정이의 15개월 된 딸내미에게 뭔가를 사주기 위해 백화점에 와 있다.

이 매장, 저 매장을 둘러보다가 결국은 점원에게 맡겨 버렸다. 다행히 경력이 많은 점원인지 능숙하게 그 나이에 맞는 장난감과 옷을 골라 예쁘게 포장해 주었다.

그녀와 나의 관계 1

이름: 김은정

나와의 관계: 초딩 친구.

친해진 계기: 초딩 4학년 때 앞뒤로 앉은 것이 계기가 되어 친해짐

결혼 전과 후: 결혼하지 않고 같이 장사하며 살자더니, 가장 먼저 결혼하여

현모양처로 변모. 미국으로 출장 간 남편과 딸내미 하나.

얼마 전에 남편이 미국으로 출장을 가서 집이 빈다며 놀러 오라는 연락이 왔다. 집들이며 돌잔치 때마다 마침 다른 일과 겹쳐서 못 갔기에 얼굴도 보고 집도 구경할 겸해서 겸사겸사 나선 참이다.

새 아파트에 새 가구들. 재작년에 결혼했는데도 신혼 냄새가 폴폴 난다. 이 방, 저 방을 구경하다가 은정이와 나는 결혼 사진이 크게 걸린 거실에 앉아 차를 마시고 있다.

15개월 된 딸내미는 차를 마시는 우리 옆에서 곤히 잠든 상태다. 어쩌면 벽에 걸린 사진 속의 남녀를 절묘하게 반씩 섞어놓았는지.

애를 기르다 보니 친구들과 만날 새도 없다며 은정이는 수다를 늘어놓기 시작했다. 시댁 얘기, 살림하는 얘기, 애기 키우는 얘기……

은정이의 얘기에 맞장구라도 쳐주고 싶은데 딱히 뭐라고 할 말이 없다. 그저 "응", "그래?", "그렇구나" 등등의 감탄사만 남발할 뿐이다. 이런 걸 공통 화제의 부재라고 해야 하나?

간만에 나도 아는 얘기가 나온다. 은정이가 남편 얘기를 꺼낸 것이다. 은정이의 남편이라면 나도 만난 적이 있다. 결혼한다고 몇 번 같이 만났고, 결혼식장에서도 봤다. 그때 봤던 느낌을 떠올리며 대화에 나서는 나.

"그 인간이 정말 그럴 줄 몰랐다니까. 결혼 전엔 그렇게 잘해주더니, 지금은 얼마나 다른 줄 알아? 내가 기가 막혀서."

"난 솔직히 니 남편 첫인상 되게 안 좋았어."

"그랬니? 그럼 말리지. 결혼은 왜 했나 싶다니까. 집에 오면 손가락 하나 까딱 안 하지, 만날 반찬 투정에 아주 진상이야."

이것으로 시작된 은정이의 신랄한 결혼 생활.

결혼을 기점으로 남자들이 얼마나 달라지는지 목에 핏대를 세우며 얘기한다. 그리고 나에게는 절대 결혼하지 말라고, 솔로인 내가 얼마나 부러운지 모르겠다고 한다.

하긴 그럴 수도 있겠다 싶어 내가 고개를 끄덕이는 순간, 바로 문제의 그 인간으로부터 전화가 왔다. 결혼하고 백팔십도 달라졌다는 바로 그 인간, 은정이의 남편.

"짜기야, 거긴 지금 몇 시야? 나 지금 영애가 놀러 와서 얘기 중⋯⋯. 벌써 보고 싶옹 죽겠어~ 짜기는? ⋯⋯. 응, 나도 따랑해⋯⋯. 내 꿈꿔야 돼⋯⋯."

은정이의 혀가 저렇게 짧았었나? 재수없는 이중인격자라더니만, 그럼에도 불구하고 사랑하는 건가?

아니다. 은정이가 남편 욕을 한 건 투정에 불과했던 것이다. 그것도 모르고 맞장구를 치려 했던 내가 너무 한심하다.

집으로 돌아오며 은정이와 나의 관계를 생각했다. 그렇게 친했던 친구도 결혼하니까 자연스럽게 멀어지고 말았다. 물론 지금도 무척 좋아하고 서로 믿는 친구지만, 막상 만나면 서먹서먹하다.

그런 생각을 하다 보니 조금 쓸쓸해지려고 한다. 내가 결혼하고 애를 낳으면 다시 친해질 수 있을까.

문득 핸드폰을 눌러보았다. 저장돼 있는 사람은 모두 132명.

그렇지만 심심해서 술 한잔하려 했을 때 전화를 걸고 싶은 사람은 딱히 없다.

딴 여자들은 남자들을 몇 명씩 거느리면서 꿀꿀할 때 부른다는데.

난 그럴 능력도 안 되고, 괜히 만나기 어색한 사람을 억지로 만나기도 싫고.

그래서 항상 술이 고플 때마다 부르는 사람은 결국… 지원이뿐이다.

 그녀와 나의 관계 2

이름 : 변지원.

나와의 관계: 대학교 동기, 현재 직장 동료. 현재 젤로 친한 친구.

친해진 계기: 대학 입학 전 오리엔테이션 때 조별 장기자랑하라는 선배들

때문에 짜증나서 같이 궁시렁대다가 친해짐

결혼 전과 후: 생긴 것만큼이나 깔끔한 성격이었으나, 결벽증 남편과의 이혼

후 백팔십도 성격이 변함 현재 돌아이(돌아온 이혼녀)라 불림.

지원이가 오늘따라 이상하다.

뭐 안 좋은 일이라도 있었나? 아니면 나한테 삐친 일이라도 있나? 무슨 일 있냐고 물어봐도 대꾸도 없다. 왜 저러지?

지원이는 날 신경도 쓰지 않은 채 새침한 표정으로 사장실로 들어가 버렸다. 그리고 잠시 후 사장의 목소리가 사무실로 새어 나왔다.

"돌아이! 이거 정산이 잘못됐잖아. 어떻게 영수증 처리 하나 제대로

못해?"

"네. 제가 원래 좀 그래요. 그러니까 돈 더 많이 주는 영애한테 시키세요."

"뭐야?"

"사장님, 그러시는 거 아니에요. 제가 입사도 먼전데 어떻게 영애만 월급을 올려주세요?"

아, 저거였구나. 지원이의 기분이 나빴던 이유가……. 작년에 하도 열 받아서 그만둔다고 했더니 사장이 월급을 조금 올려줬다. 그놈의 돈이 뭔지, 지원이에게 비밀로 하라는 사장의 말을 그대로 따랐던 나.

그걸 지원이가 어찌 알게 된 모양이다.

지원이는 가장 친한 친구인데… 말을 안 한 내 잘못이 크다.

한참 사장한테 빠락빠락 대들던 지원이가 그만두겠다며 사장실에서 뛰쳐나왔다.

순간 지원이와 눈이 마주쳤다.

"저기, 그게……."

휙—

찬바람이 씽 불 정도로 냉랭한 지원이는 내 말은 듣지도 않은 채 사무실 밖으로 걸어 나갔다. 따라가 이러지 말라고 잡았지만 "너도 그러는 거 아니야!"라는 차가운 말만 되돌아왔을 뿐이다.

결국 난 지원이를 그렇게 보내 버렸다.

지원이가 사라지자 사장실에서 나온 사장이 얼음물을 몇 잔이나 들이키더니 당장 다른 직원을 뽑으라고 난리다.

평소에 워낙 착하고 고분고분한 지원이였기에 대머리도 마음이 많이 상했나 보다.

아…… 이 일을 어떻게 해야 하나. 아무리 생각해도 지원이가 빨리 잘못을 빌고 돌아오는 게 최선일 것 같은데. 갈 데도 없는 아이가 왜 이렇게 잔뜩 독이 올라서 그런 건지.

평소 성희롱을 일삼는 재수탱이 대머리이지만, 알고 보면 마음 약한 인간이다.

호주로 조기 유학 떠난 자식들 사진 보며 훌쩍이는 걸 몇 번이나 목격했다. 분명 지원이가 숙이고 들어가면 화는 금방 풀릴 텐데, 문제는 지원이가 먼저 숙이고 들어오도록 만들어야 된다는 것이다.

이런 문제는 시간을 끌수록 좋지 않다. 오늘 퇴근한 후에 바로 지원이네 집이라도 찾아가야 하나? 라는 생각을 하다 보니 팔에 소름이 돋는다.

지원이네 집을 떠올리면 자연스럽게 일어나는 생리현상이라고 해야 하나.

결혼 전에는 그렇게 깔끔하던 아이가 어찌 그렇게 변한 건지. 쩝. 지원이네 집을 떠올리며 팔에 소름이 돋는 나를 손가락질할지도 모르지만, 아마 한 번이라도 지원이네 집에 가본 사람이라면 모두 나와 같은 반응을 보일 것이다.

일생 다시는 가고 싶지 않은 지원이네 집.

마음을 굳게 먹고, 소주 몇 병이랑 안줏거리를 사가지고 지원이네 집으로 향했다. 제발 오늘은 다른 모습이기를 기대하면서.

초인종을 몇 번이나 눌러도 문을 열어주지 않는 지원이.

결국 발로 문을 걷어차며 나오라고 고래고래 소리를 지르고 소란을 피우자 겨우 문을 연다.

오 마이 갓!

제발 다른 모습이기를 바랐건만…….

여전히 이곳은 전쟁터를 방불케 하는 난장판이다.

뭐가 그렇게 난장판이냐고?

여러분은 혹시 일본 만화 '노다메 칸타빌레'를 보았는가?

드라마로도 제작되어 꽤 큰 인기를 얻었던 작품이다. 지원이의 집은 바로 그 작품에서 노다 메구미가 사는 집과 거의 비슷하다고 보면 된다.

소파 밑에서는 버섯이 자라고 있고, 언제 했는지 모르는 밥 위엔 연어 알 같은 곰팡이가 피어 있는 바로 그 집을 말이다.

수없이 널려진 잡동사니들, 언제 치웠는지 도저히 정체를 알 수 없는 물건들. 소파는 어디서 저런 거지 같은 걸 주워다 놨는지, 재활용창고에 보낸다고 해도 사절할 만한 수준이다.

그뿐인가. 냄비에는 언제 만들었는지 모를 음식이 바닥에 찐득하게 달라붙어 있다. 냉장고는 열었다 하면 뭔가가 사방에서 떨어진다.

그중엔 심지어 2002년 6월에 사다 놓은 고등어도 있다. 2002년 6월이면 서울 월드컵이 한창이던 땐데, 그 후로 독일월드컵이 치러지지 않았던가! 이 고등어는 그 오랜 세월을 지원이네 냉동칸 한 켠에서 지내온 거다.

방으로 시선을 돌린다고 해서 나아지는 건 없다. 세탁을 한 건지 안 한 건지 알 수 없는 옷은 뭉텅이로 여기저기 뒹굴고, 언젯적 먹은 건지 현관까지 술병의 행렬이 늘어져 있다.

탁자 위에는 컵라면 용기와 과자 봉지들이 널려져 있고, 그 주위엔 정체를 알 수 없는 벌레들까지 우글댄다.

정말 이 많은 걸 혼자 어지른 걸까? 사람의 힘으로 이렇게 지저분하게 살 수 있는 것일까?

나도 깔끔한 성격은 아니지만, 정말 심하다. 대충만 치우려 해도 끝이 없다. 어느새 등 뒤로 비 오듯 땀이 흐른다.

"야, 이년아. 니 몸뚱어리만 꾸미고 다니지 좀 말고 방 좀 치우고 살아라."

"누가 너보고 치워 달래? 냅둬!"

차라리 소 귀에 경을 읽지.

대충 방을 치우고 사온 참치 캔에 시어 꼬부라진 김치를 넣고 김치찌개를 끓여 술상을 차려서 내왔다.

그러자 술상 앞에 턱하니 앉아 나한테 한마디도 권하지 않은 채 자작으로 거푸 두 잔을 마시는 지원이.

따라준다고 내민 내 손을 무안하게 쳐내 버리면서 말이다. 정말 단단히 삐쳤나 보다.

그 모습을 지켜보다 나도 그냥 자작해서 술을 들이켰다. 어느 정도 술과 안주가 들어가니 배가 빵빵해져서 입고 있는 옷이 불편하다.

"야, 나 편한 옷 하나만 주라. 많이 먹었더니 옷이 꽉 껴."

그러자 지원이는 한마디 대꾸도 없이 돌돌 말린 옷 무더기 속에서 추리닝 바지 하나를 찾아서 던져 주었다. 평소라면 한마디 했을 테지만, 그냥 군소리 없이 입었다.

쫄바지가 된 추리닝. 거기다가 꽉 껴서 적나라하게 드러난 뱃살과 엉덩이까지. 대략난감.

"푸하하하!!"

갑자기 술 마시던 지원이가 입에 머금은 걸 내뿜으며 통쾌하게 웃는다. 크크, 거울에 비친 내 모습에 나도 웃음보가 터진다.

서비스로 꽉 끼는 바지를 입고 방귀총을 몇 번 쏴주자 지원이는 깔깔대며 아주 신나라 한다. 에유, 단순한 것. 그래서 내가 널 좋아하는 거야.

어느새 마음이 풀린 우리는 서로 술을 따라주며 본격적으로 마시기 시작했다.

이제야 오늘 처음으로 말문을 여는 지원이.

"영애야, 미안해. 니가 돈 올려 받으면 축하해 줘야 되는데 그러지도 못하고. 나도 알고 보면 못된 년인가 봐."

"아냐. 내가 미안하지. 너한테 먼저 말했어야 되는데. 참, 내일부터 회사 나올 거지?"

"대머리한테 그렇게 대들어놓고 어떻게 그러냐? 쪽팔려서 이제 못 나가."

"대머리가 뒤끝은 없잖아. 사과하고 나가면 돼. 잠깐만 기다려 봐."

말이 나온 김에 서둘러 대머리에게 전화를 걸었다.

"안녕하세요, 사장님. 저 영애인데요. 지원이가 드릴 말씀이 있다고 하네요. 잠깐만요."

핸드폰을 건네며 받으라고 하자 굶어 죽는 한이 있어도 그러기 싫다며 손사래까지 치던 지원이 억지로(?) 전화를 받았다.

"사장님, 저예요. 돌아이요. 제가 정말 미쳤었나 봐요. 사장님 은혜도 모르구. 죄송해요……. 내일 보자구요? 감사합니다, 사장님. 사랑해요~"

굶어 죽는 게 낫다더니 사장에게 갖은 애교를 다 떠는 지원.

전화를 끊고는 무안한지 고개를 돌린다.

"이년아, 칸영화제 여우주연상 받아도 되겠다."

"나도 먹고살아야지."

우리는 또 웃음이 터져 나왔다. 꼭 여고생마냥 별거 아닌 일에 배꼽을 잡고 웃어댄다. 또다시 술잔을 기울이는 지원이와 나.

친구란 건 참 좋다.

노처녀에게 정말 필요한 건
속마음을 털어놓을 수 있는 친구와
한 잔의 술이 아닌가 싶다.

다가오는 퇴근 시간.

어제 지원이와의 일이 있고 나서 다시 대학생 시절로 되돌아간 느
낌이다.

뭔가 이 기분을 더 느끼고 싶은데? 어차피 집에 일찍 들어가기는 싫
은 데다 별다른 약속도 없고. 뭘 해야 좋을까? 또 지원이랑 술이나 마
셔야 되나? 어제 마셔서 그런지 그것도 오늘은 왠지 지겹다.

요즘 대학생들 사이에서 유행하는 놀이나 한번 해볼까?

"지원아, 우리 된장녀 놀이 할래?"

"된장녀 놀이? 어떻게 하는 건데?"

"어떻게 하긴. 말 그대로 오늘 하루 동안 된장녀가 되는 거지."

다행히 기본 준비물은 대충 갖춰져 있다. 집은 개판을 만들어도 지 몸뚱어리는 잘 가꾸는 지원이는 하나뿐인 루이비통 가방을 들고 왔고, 나는 이태원에서 산 짝퉁 프라다 가방을 메고 나왔다. 잘 골라서인지 짝퉁인 걸 웬만해선 눈치 못 챈다. 둘 다 옷도 아주 후지지는 않다.

거기에 도련님의 센스 노트북과 니콘 디카를 빌리고 나니 된장녀 놀이를 할 만반의 준비가 다 되었다.

렛츠 고!!

빕스에 도착했다. 지원이는 아웃백이나 베니건스에 가자고 했지만 난 빕스가 좋다. 무한정 먹을 수 있는 샐러드바가 나에겐 딱이다.

립아이 스테이크를 주문하고, 샐러드바에서 스파게티에 훈제 연어, 타코까지 한가득 음식이 준비되자마자 도련님에게 빌린 디카로 사진을 마구 찍어댔다. 음식이 나오면 사진부터 찍는 게 된장녀의 기본이니까.

마치 미니홈피에 올릴 것처럼 열심히 찍어댄다. 하지만 방문자가 하도 없어서 몇 주째 들어가 보지도 않는 미니홈피의 현실.

음식 사진을 다 찍고 대충 배를 채운 후에는 셀카로 넘어갈 차례.

셀카를 찍을 땐 조명발이 제일 좋은 곳을 찾아서 최대한 턱을 내리고 눈을 크게 치켜뜨고 찍어야 한다.

그런 곳으로 가장 적당한 곳이 바로 화장실. 화장실 조명발만 받으면 사진이 왜케 잘 나오는지 모르겠다.

남들이 쳐다보건 말건 마치 연예인이라도 된 양 계속해서 화장실 거울 앞에서 셀카질을 했다. 늙어서 주책이라고 해도 좋다.

이래 뵈도 아직 이십대고, 지금 이 시간만큼은 우린 된장녀니까!

거리낄 게 뭐가 있는가.

질릴 만큼 사진을 찍었으면 다음 장소로 이동!

스타벅스. 카라멜 마끼아또를 사가지고 운 좋게도 명당자리인 창가 자리에 자리를 잡았다. 김원희와 현영이 나왔던 콩트에서 흘러나오는 노래가 절로 흘러나온다.

♬ 우리는 된장부인〜

♬ 미쳤다 골비었다 돈이 썩었느냐

♬ 된장부인 된장부인

"우우, 우리는 된장녀~" 🙂

지원이와 노래를 흥얼거리며 도련님의 센스 노트북을 켰다. 얇고 칼라풀한 센스 노트북은 된장녀의 필수 아이콘.

마치 '섹스&시티'의 캐리라도 된 양 멋지게 노트북을 두드려 댔다. 누군가가 창밖에서 나를 본다면 프리랜서 작가라고 생각할지도 모르겠다. 그러나 지금 내가 하고 있는 건,

한게임 고스톱.

상대방이 폭탄을 한다. 야비한 새끼, 기껏 먹은 피를 가져가 버리다니. 이러다간 피박 쓰게 생겼다. 이번 판만 하고 노트북을 지원이에게 넘겨야겠다.

지원이의 된장녀 간지는 정말 작살이다. 외모가 받쳐 주니 노트북을 만지작거리는 게 엄청 잘 어울린다. 뭔가에 열중하고 있는 지원이.

지원이야말로 뭔가 대단한 일이라도 하는 것 같지만, 사실 그녀는 지금 프리셀을 하고 있는 중이다.

눈알이 얼얼할 만큼 게임을 하고 나서는 된장녀다운 대화를 나누는 우리.

"아…… 뉴욕에 가고 싶다."

"그러게. 안 간 지 너무 오래됐다. 요즘 같은 때 센트럴 파크 산책하면 정말 굿인데."

"말해 뭐 하니. 난 하루 종일 메트에 짱박혀서 그림이나 봤으면 좋겠다."

"메트가 좋니? 난 모마가 좋던데."

메트는 메트로폴리탄 미술관, 모마는 현대미술관을 짧게 부르는 말이다.

"소호에 갔을 때 그림 좀 몇 개 살 걸 그랬어."

"나도 그게 좀 후회되더라구."

"아…… 갑자기 리틀 이태리에서 먹었던 피자가 먹고 싶네?"

이쯤 되면 지원이와 내가 뉴욕에 다녀온 적이 있는지 궁금해질 것이다. 물론 지원이와 나는 뉴욕에 가본 적이 없다. 해외여행이라고 해봐야 작년 휴가 때 큰맘 먹고 일본에 다녀온 게 전부다.

그렇지만 된장녀 놀이의 핵심은 뉴요커가 되는 것.

우리는 뉴욕에 일주일 갔다 와서 엄청 잘난 척했던 거래처 직원을 떠올리며 더욱 큰 소리로 대화를 나누었다.

"올해 여름에도 뉴욕 갈 거지?"

"가야지. 뉴욕은 내 정신적 고향인데."

"이번엔 뮤지컬 좀 많이 보자. 저번에 다섯 편밖에 못 봐서 너무 아쉬웠어."

"숙소를 아예 브로드웨이 근처로 할까 봐. 그게 좋겠지?"

"오케이. 유어 아이디어 이즈 베리 굿."

말도 안 되는 영어까지 해본다. 어, 이거 생각보다 재미있네.

참, 아까 인터넷을 뒤지다 재밌는 걸 발견했다. 일명 '된장녀 송' 이다.

♬ 저기 보이는 저 별다방

♬ 오늘은 그녀 세 번째 수술한 날

♬ 몸매도 죽이는 예쁜 그녀이지만 머리는 텅 비었네

♬ 성형한 부분이 어색해 애꾸 눈이 되어 날 쳐다봐도

♬ 예쁘다 말 안 하면 바로 삐치는

♬ 그녀만 만나려면 빡이 터져

♬ 푸라다 핸드백을 사다 줄까

♬ 짝퉁인 걸 넌 알아볼까

♬ 머릿속에 똥만 가득 찬 된장 그녀는

♬ 조금씩 갉아 먹어가 내 월급을

♬ 이쁘면 다 좋은 나도 참 병신이다

♪ 부모님이 나 이런 걸 알까

♪ 오늘은 그녀에게 까자고 해야지 용기를 내야지

이상우가 부른 '그녀를 만나는 곳 100m 전'에다 노랫말을 붙인 '된장녀 송'이란다.

그 글의 밑에 달린 댓글을 보니 남자들이 공감한다며 된장녀들을 엄청 씹어대고 있었다. 우리나라는 자유민주주의 국가. 남에게 피해만 주지 않는다면 뭘 추구하며 어떻게 살아가든 남이 상관할 문제인가.

빡빡하고 힘든 세상. 맛있는 커피 한 잔으로, 뉴요커에 대한 동경으로 그렇게 위안을 얻으며 살아갈 수 있다면 다행스러운 일 아닐까.

사람은 다 제멋에 사는 거다.

여하튼 오늘 하루 지원이와 된장녀 놀이를 하며 재밌게 잘 놀았다. 그런데 뒤끝이 씁쓸하다. 된장녀라는 말을 만든 남자들이나 된장녀 놀이가 유행인 현실에 갑자기 머릿속이 복잡해진다. 아, 모르겠다.

지원이랑 피맛골에 가서 파전에 동동주나 마셔야겠다.

이제부턴 복학생 놀이다.

여자가
다리를 벌려야 할 때

키 : 168cm

몸무게 : 48kg

신체 사이즈 : 35—24—35

↑홈페이지 업데이트 때문에 쓰게 된 알바녀의 몸매다.

키 : 163cm

몸무게 : 68.3kg (최근에 조금 더 쪘음)

신체 사이즈 : 34—30—34

↑홈페이지 업데이트 때문에 알바녀를 고용한 나의 몸매다.

초등학교 4학년 이후론 몸무게가 40kg대로 진입해 본 적이 없는 나.

그나마 가슴 사이즈가 비슷하다는 걸로 위안을 해보고 싶지만……. 가슴이 커서가 아니라 가슴둘레가 커서 사이즈가 비슷해졌다는 걸 알기 때문에 전혀 위로가 되지 않는다.

이 덩치에도 A컵이라니……. 쩝!

어쩌면 똑같은 여자인데 이토록 다를까. 대학교 2학년이라는 알바녀는 같은 여자가 보기에도 참 부러운 몸뚱어리를 가졌다. 거기다 나이는 스무 살에 얼마나 뽀송뽀송하고 예쁜지.

성적 긴장감이 부족하다, 언제 한번 같이 사우나 가자, 언제 한번 웃짱 까고 등목이나 같이하자 등등의 말도 안 되는 소리를 해가며 투덜대던 대머리랑 뺀질이는 요즘 아주 신이 났다.

꼭 똥 마려운 개처럼 알바녀의 주위를 맴돌며 어떻게든 건수를 잡아보려고 난리다.

저런 진상들, 꼴에 지들도 남자라고……. 중얼대면서 알바녀를 보니 생각이 바뀐다.

하긴, 내가 남자라도 저런 애를 보면 가슴이 요동칠 것 같다. 그러고 보니 도련님도 내색은 안 하지만 알바녀를 보는 눈빛이 심상치 않다.

지도 남자인데 쭉쭉빵빵한 어린 여자를 좋아라 하겠지.

나 같은 노처녀가 눈에 들어오기나 하겠어? 🙂

인정하긴 싫지만 둘이 서 있으면 이건 완전 한 폭의 그림일 것이다.

문득 나는 그 좋은 나이에 뭐 했나 싶어 갑자기 씁쓸해진다.

요즘 들어 나이를 실감할 때가 많은데…….

＊술 마시고 숙취가 금세 가시지 않을 때

🔊) 전엔 다음날 아침이면 말짱했는데,

이젠 퇴근 무렵이 되어야 술이 깬다.

＊예쁘다는 말보다 어려 보인다는 말이 더 좋을 때

🔊) 물론 예쁘다는 말을 들어본 적도 별로 없지만.

＊사진 찍으면 예전과는 다르다는 느낌을 받을 때

🔊) 확실히 다르다.

얼굴이 전체적으로 내려앉고 있다고나 할까?

＊뭔가를 시작하려 하면 내 나이에 가능한가를 생각해야만 할 때

＊옷을 살 때 이걸 입으면 주책이 아닌가 생각하게 될 때 등등 셀 수 없이 많다.

TV에 누가 나와도, 책을 봐도 이 사람은 몇 살인가? 내 나이 때 뭘

했나?

내가 많이 뒤떨어진 건 아닌지 자꾸 비교하게 된다.

게다가 작년부터 하나씩 출몰하는 흰머리가 내 속을 긁기 시작했다. 외가 쪽을 닮은 건가? 엄마며 이모가 젊을 때부터 머리가 일찍 세어서 염색을 했다는데.

작년에 거울을 보다 처음 흰머리를 발견했을 때의 충격이란, 정말 굉장했다. 아직 그래도 꼿꼿한 이십대이건만, 웬 흰머리란 말인가!

어느 책을 읽다 보니 은밀한 곳에서 흰 가닥을 발견했을 때는 더한 충격이 온단다.

그래서 요즘엔 외출 전에 반드시 거울을 보며 확인한다. 혹시라도 튀어나온 흰머리가 없는지.

벌써 나이 드는 것에 대한 공포가 시작된 것일까? 왜 여자들은 이렇게 힘든 것일까? 자꾸 왜 나이에 얽매이게 되는 것일까?

36살 노처녀 선배의 말에 의하면, 인간의 기본적 욕구인 종족번식과 관련이 있다고 한다.

동물이라면 후손을 낳아 종족을 번식시키고 싶어하는 게 기본적인 욕구이고, 그래서 남자는 임신이 쉬운 젊고 섹시한 여자를 찾아 헤맨다는 것이다.

생물학적으로 마흔 살 정도가 임신의 마지노선이라고 하면, 당연히 그 나이에 가까울수록 조급해질 수밖에 없는 것.

생각할수록 일리가 있는 말이다.

"뭐 하냐?"

혼자 이런저런 생각을 하고 있는 나를 지원이가 툭 친다.

그래서 알바녀를 보며 느낀 나의 감정을 솔직하게 털어놓자 얘기를 들은 지원이도 한숨을 내쉬며 자신도 같은 생각을 했다고 한다. 자기도 요즘 나이에 민감해진다면서.

하긴 그렇다. 지원이도 예쁘지만 스무 살인 알바녀는 뭔가 다르게 더 예뻐 보인다.

젊음이란, 포장하지 않아도 그냥 스스로 광채를 내는 투명한 아름다움이라고나 할까. 그래도 투정하지 마라!

이년아, 넌 그래도 결혼이라도 해봤지.

그때 찌르르한 느낌이 배를 관통한다.

"아."

"영애야, 어디 아파?"

"생리통 땜에."

"너, 생리통 없었잖아."

"나이가 드니까 별게 다 생긴다. 생리하는 줄도 몰랐는데 얼마 전부터 이렇게 사람 잡어. 리듬체조 중에 곤봉 알지? 잔잔하게 연기하다가 곤봉을 높이 던졌는데 툭, 놓치는 순간에 윽! 그런 고통이야."

"그 정도야? 혹시 모르니까 한번 산부인과에 가봐."

"산부인과를 왜 가?"

"요즘 젊은 나이에 자궁근종이니 뭐 그런 거에 걸리는 여자들이 많아."

"산부인과는 왠지 가기가 좀 그래서."

"안 돼. 내 친구 현주 알지? 걔도 산부인과에 갔다가 자궁에 혹 있다구 그래서 얼마나 놀랐는데."

"그래? 여의사가 하는 산부인과를 찾아가봐야겠다."

"그래, 가봐. 괜히 병 키우지 말구. 근데 영애야, 나 보톡스 맞을까?"

"보톡스? 니가 왜?"

"잔주름이 느는 거 같아서. 아니다. 피부를 확 벗겨내는 심부재생술인가, 뭔가 하는 그런 게 있다는데, 그걸 할까?"

"야, 이년아. 그럴 돈 있으면 제발 집 좀 치우고 쇼파라도 새 걸로 들여놔라. 어디서 후진 거 주워다 놓구선."

며칠이나 인터넷을 뒤져서 적당한 산부인과를 알아냈다. 여자 의사에 집이나 회사에서도 적당히 먼 곳으로.

막상 산부인과 앞까지 오긴 했는데, 어째 산부인과란 간판을 보니 들어가기가 망설여진다. 여자라면 산부인과에서 진료를 받는 게 당연한 건데 왜 이렇게 어렵지?

한참을 망설이다가 용기를 내 안으로 들어섰다.

여느 병원과 같이 접수처에 있는 간호사에게 접수를 하니 조금 기다리란다. 쭈뼛거리며 의자에 앉자 옆의 임산부가 친절한 미소를 띠며 몇 개월이 됐냐고 묻는다.

기분이 정말 더럽다. 평소 내 배는 임산부 배라고, 그것도 만삭의 임산부 배라고 농담을 했건만 막상 진짜 이런 일을 당하고 보니 막돼먹은 성질이 뻗쳐 오른다.

"저 임산부 아니거든요! 처녀예요! 결혼도 안 했어요!"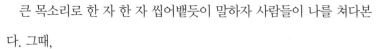

큰 목소리로 한 자 한 자 씹어뱉듯이 말하자 사람들이 나를 쳐다본다. 그때,

"이영애 씨!"

그러자 다시 한 번 모두의 시선이 나에게 쏠린다. 아~ 이놈의 이름. 항상 문제야.

간호사한테 가자 진료 전에 물어볼 사항이 몇 개 있다면서 병원에 왜 왔냐, 마지막으로 생리는 언제 했냐, 등등을 묻더니 마지막으로 작게 성경험이 있느냐고 한다. 그래서 나도 속삭이듯 대답했다.

"없어요."

이 나이에 성경험이 없는 게 이렇게 창피할 줄이야.

질문이 끝나자 간호사가 따라오라면서 날 진료실로 안내했다. 안에 들어가자 월남치마 같은 걸 내주며 이것만 입고 아랫도리는 다 벗으란다.

간호사의 말대로 옷을 벗고 나가니 이번에는 이상하게 생긴 진료대 위로 올라가란다.

다리를 걸칠 수 있게 생긴 진찰대.

그러고 보니 TV에서 몇 번 본 것 같기도 하다. 그 위에 올라가 다리를 걸치고 좀 민망한 자세로 있자 나이가 지긋한 의사 선생님이 들어왔다. 아줌마라기보다는 할머니에 가까운 분이다.

내 진료 차트를 살펴보다 깜짝 놀라며 한다는 말,

"이영애 씨, 아직 성경험이 없어?"

"……네."

"그 나이까지 뭐 했어? 세상에, 세상에……."

딸 같다고 느꼈는지 아무 얘기나 스스럼없이 하는 여의사.

쪽팔리고 무안해 고개를 돌려 버렸다. 아직 경험이 없는 여자는 항문을 통해 내진을 해야 한단다. 정말 묘한 기분이다.

오늘은 수첩에 기록해 놔야 할 날인 것 같다. 난생처음 다른 사람 앞에서 다리를 벌리고 검사를 다 받고. 기분이 그다지 좋지는 않지만, 나를 위해서라도 1년에 한 번씩은 산부인과에 들러야겠다고 생각했다. 가슴 검사도 받아보고 말이다.

여자가 다리를 벌려야 할 때는 사랑하는 사람 앞만이 아니다.

나를 위해서
다리를 벌려야 할 때도 있는 것이다.

누군가에게 꽂히는 순간

이 나이까지 제대로 된 연애 한 번 못해본 나지만, 좋아한 남자들의 수는 꽤 된다. 대부분 혼자만의 짝사랑으로 끝나기 일쑤였다는 게 문제지만.

어쨌든 내가 좋아했던 남자들, 그들에게 꽂혔던 순간의 기억을 되짚어보면,

남달리 후각이 예민한 나.

음식을 워낙 좋아해서 그런지 냄새에 엄청 민감하다. 그래서인지 독특한 향이 나던 선배가 이유 없이 좋았다.

신입생인 나에게 밥을 사주던 그 선배에게서는 특유의 냄새가 났고, 나는 일부러 그 선배 주위를 맴돌며 변태처럼 킁킁대곤 했다.

그런데 어느 날부턴가 그 선배에게서 여자의 향수 냄새가 겹쳐 나기 시작했다. 착각이라 생각하고 싶었지만, 어느새 그 선배는 예쁘장한 후배와 대학교 커플, 일명 씨씨가 돼 있었다.

내 것이 될 거라고 생각하지는 않았지만 왠지 며칠간 무척 슬펐던 기억이 떠오른다.

그리고 잠깐 아르바이트로 일했던 곳에서 알게 된 윤 대리님.

그 사람도 내가 짝사랑했던 남자 중 하나다.

당구를 잘 쳤던 윤 대리. 그의 당구 치는 모습이 너무 멋있었다.

공을 노려볼 때의 그 집중력이 빛나는 눈빛.

내기 당구에서 딴 돈으로 자장면을 사줄 때(역시나 먹는 게 빠지지 않는다)는 그렇게 생활력 있고 멋있어 보일 수가 없었다.

한 번 꽂힌 후론 까칠한 성격도 일처리가 확실한 거라며 미화하곤 했는데, 그를 아는 사람들은 누구에게나 껄떡대는 바람둥이라며 오히려 나보고 조심하라고 했다.

그렇지만 껄떡쇠라는 윤 대리도 나에게는 껄떡대지 않았다.

아, 외국 배우 중 맷 데이먼도 내가 좋아하는 남자다.

어쩌면 그렇게 멋있는 미소를 가질 수 있을까? 나를 향해 그렇게만 웃어준다면 이 몸과 마음을 모두 다 바쳐도 아깝지 않을 것만 같다.

갑자기 이런 얘기를 왜 늘어놓는가 하면, 실은 맷 데이먼의 미소에 필적하는 사람을 최근에 발견했기 때문이다.

그 사람은 누구냐…….

다름 아닌 도련님이다.

도련님이라고 그렇게 놀려대던 최원준.

나보다 네 살이나 어린 신입사원.

처음엔 몰랐는데 웃을 때 미소가 너무 예쁘다. 거기다 팔다리는 어찌나 길쭉길쭉한지, 80년대 이후에 태어난 애들은 다 저러나?

내 동생 영채, 영민이만 봐도 한 핏줄이라고 믿기지 않는 말도 안 되는 기럭지를 가지고 있다. 낙하산이라며 미워하기만 하던 도련님을 다시 보기 시작한 건 내가 하던 생수통 가는 일을 자처하며,

"이제부턴 제가 하던 사람입니다."

하던 그때부터다. 시도 때도 없이 그 모습, 그 목소리가 자꾸 떠오른다.

같이 간판 디자인을 하며 아무것도 모르는 도련님이라고 무시했더

니, 시내의 특이한 간판들을 다 디카로 찍어서 자료로 만들어오기도
했다.

내색은 안 했지만 노력하는 모습에 사실 좀 놀랐다. 헝그리 정신이
없는 부잣집 도련님이 그런 노력을 할 거라곤 상상도 못했기 때문이다.

거기다 결정적으로 이 녀석에게 꽂힌 순간이 있다.

야근을 마치고 돌아가는 길에 주차장에서 나오는 녀석의 차와 마주
쳤는데, 집까지 바래다주겠다며 차에 타라는 것이다.

비가 추적추적 내리고, 취객들의 술 냄새로 가득 찬 지하철을 타고
가기 싫어(정말 그랬다! 다른 흑심은 없었다고, 내 자신을 믿는다) 못 이
기는 척하며 녀석의 차를 탔다.

빗물은 차창 유리창을 타고 흘러내리고, 차 안을 가득 채우는 기분
좋은 음악 소리. 이런 공간에 둘만 같이 있다고 생각하자 기분이 야릇
했다.

그때 들려온 녀석의 흥얼대는 노랫소리까지 너무나 듣기 좋았다.

어디선가 남녀가 같이 차를 타면 성적으로 흥분된다는 글을 읽은
적이 있다. 좁고 막힌 공간에서 생기는 친밀감뿐만이 아니라, 피부의
고유 감각과 청신경의 세반고리관에서 느끼는 일정 주기의 진동은 서
로의 긴장감을 풀어준다나 뭐라나. 때문에 남자는 자동차의 진동으로

인해 감각수용기가 자극되고, 여자는 흥분을 느끼게 된다고 한다.

책을 읽을 땐 그저 그런가 보다 생각했는데, 막상 이런 기분을 느끼게 되니 당황스럽다.

나보다 한참이나 어린 녀석을 데리고 무슨 생각이냐고 나 자신을 자책하며, 긴긴 밤을 보내기 위해 허벅지를 꼬집어가며 참았다는 한 청상과부처럼 그렇게 내 마음을 달랬다.

하지만 얼마 전에 한 회식 때 2차로 간 노래방에서 난 다시 무너졌다.

노래도 엄청 잘하는 것이 아닌가!

노래하는 모습에 또다시 정신을 차릴 수가 없었다. 거기다 눈치 없는 지원이의 권유로 듀엣곡을 불렀는데, 가슴이 떨려 죽는 줄 알았다.

이건 정말 말도 안 되는 일이다.

불과 며칠 전까지 선봤다가 차인 그 대머리 때문에 연애, 결혼, 사랑, 이런 것들에서 장외로 물러나겠다고 선언했던 내가 아닌가.

근데 또다시 이렇게 남자 때문에 애태우고 있다. 그것도 혼자만.

아, 역시 난 안 돼. 이러면 회사에서 일할 때도 티가 날 텐데.

이영애! 정신 차리자!

이제부터 도련님한테 신경 끊는 거야! 알았지?

오늘따라 도련님이 더 멋있어 보인다. 평소에 양복 입은 모습만 봐 오다 이렇게 캐쥬얼을 입은 도련님을 보니 또 다른 느낌인걸?

모처럼 대머리가 토요일에 쉬라고 해서 좋아했더니만, 같이 산에 가잔다. 자기 건강은 끔찍이 챙기는 대머리(그의 취미는 등산과 자전거 타기). 분명 혼자 하기 심심하니까 우릴 다 끌고 가려는 심사다.

그래서 엄청 열 받아 있었는데, 막상 또 다른 모습의 도련님을 보게 되자 짜증이 눈 녹듯 사라진다.

전 직원(꼴랑 다섯 명)이 다 모이자 인원을 나눠서 차를 탔다.

난 재빨리 도련님의 차에 올라탔다. 뒤에 앉은 대머리만 없으면 딱 인데… 쩝, 아쉽다.

차 안에 울려 퍼지는 대머리의 노랫소리. 산에 올라가 고기를 구워 먹자느니, 내려와서 닭도리탕을 먹자느니 떠들며 벌써 신났다.

사장인데 뭐라고 할 수도 없고, 듣기 싫은 노래를 듣느라 나도 모르게 미간이 찌푸려지려는 찰나,

운전하던 도련님이 씨디를 틀더니 볼륨을 높인다. 이 녀석도 대머리의 노랫소리가 듣기 싫었나 보다.

씨디에서 흘러나오는 듣기 좋은 노랫소리에 대머리의 음성이 묻힌다.

평소 같으면 버릇없는 행동이라고 생각했을 텐데, 지금은 이런 모습조차 귀엽게만 느껴진다. 좋아하면 모든 걸 좋게만 생각하는 내 고질병이 또 도진 것인가.

봄의 산은 너무나 아름답다. 연두색의 향연이랄까.

이제 하나둘 순이 올라오기 시작한 예쁜 나무와 꽃들.

거기다 졸졸졸졸, 시냇물도 흐르고 있다.

선현들이 북한산을 그리도 칭찬한 이유를 알 것만 같다. 그리고 또한 가지를 더 알게 되었다. 나는 등산에 어울리는 사람이 아니라는 것을.

채 10분도 경과하지 않았는데 벌써 땀이 비 오듯 온몸에 흐른다.

이놈의 땀. 옷이 완전히 땀으로 흠뻑 젖어버렸다. 힘들어하는 내 눈앞에 하얗고 기다란 손가락이 들어왔다.

"가방, 저 주세요. 제가 들고 올라갈게요."

"어, 어……."

내 가방을 들어주겠다는 도련님의 말을 듣는 순간, 잠시 사고의 정지.

정신을 차리고 보니 가방은 이미 도련님의 어깨에 메어져 있었다.

한 덩치 하는 나에게 자기 가방을 내던지듯 맡기던 그간의 남자들이 떠오른다. 남자한테 이런 대우를 받아보는 것, 정말 오래간만이다.

그나마 짐이 없어 편해지긴 했지만 힘든 건 마찬가지였다. 그래도 도련님의 뒤를 열심히 쫓아갔다.

가파른 곳에 도착하자 도련님이 뒤로 돌아 나에게 손을 내밀었다. 잠시 망설이다 손을 잡자 따뜻한 체온이 전해져 온다.

혹시나 땀에 젖은 내 손을 느꼈을까 봐 걱정이 되었는데, 그 이후로도 힘들 때마다 도련님이 손을 잡아주었다. 후훗, 내 손에 반한 걸까?

대머리가 이렇게 내 인생에 도움을 줄 줄이야. 대머리가 산에 오자고 하지 않았다면 이런 기분을 느껴보지 못했을 것 아닌가.

난생처음 대머리에게 고마운 마음을 느낀다. 이 산이 끝도 없이 이어지길 바라며…….

그렇지만 어느새 정상이다.

정상에 도착하자 지원이가 도련님과 사진을 찍겠다며 나에게 디카를 내밀었다. 렌즈 속의 도련님은 더욱 근사하다.

나도 모르게 지원이는 외면한 채 도련님의 독사진을 찍어버렸다. 하지만 사진을 보여달라는 지원이의 말에 놀라서 그 사진을 재빨리 지워 버렸다.

저쪽에서 "야호~ 야호~"를 외치던 사장이 이 순간 보고 싶은 사람의 이름을 불러보잔다. 그러더니 자기가 먼저 나서 마누라와 자식들의 이름을 부르며 눈가가 젖는 대머리. 이럴 땐 참 안됐다.

빼질이 윤 과장은 요즘 사귄다는 23살 여대생의 이름을 부른다. 쳇, 주제에 웬 여대생?

지원이는 시골에 계신 엄마가 보고 싶다며 엄마를 목 놓아 부른다.

난 보고 싶은 사람이 누구지?

사실 요즘 내 머릿속에 맴도는 사람은 도련님뿐인데…….

"설희야~ 설희야~"

그때 도련님이 웬 여자의 이름을 부른다.

"원준 씨, 설희가 누구야?"

"여자 친구요."

"여자 친구 있었어?"

"네. 얼마 전에 친구가 소개팅해 줬거든요."

그다음에 어떤 말들이 오갔는지 기억이 나질 않는다.

"그럴 줄 알았어. 저렇게 잘생기고 집도 부잔데 여자 친구가 없겠어?"

지원이가 투덜대는 것을 보아하니 지원이도 도련님에게 약간의 사심을 품었던 모양이다. 여자들 보는 눈은 왜 이리도 비슷하단 말인가.

생각할수록 내가 참 한심하다. 왜 여자 친구가 있을 거란 생각을 못했을까? 친절하게 대해주는 것에 꽂혀 그저 바보같이 좋아했던 나.

이번에도 나 좋을 대로 보고 싶은 것만 봐버린 것이다.

산 입구에 있는 닭도리탕 집.

저녁도 먹고, 등산 뒤풀이 겸해서 들른 닭도리탕 집에서 술을 마시기 시작했다. 이런 산에 불륜 커플들이 많이 오는 거라면서 대머리랑 빼질이는 밥을 먹고 있는 중년의 커플들을 훔쳐보느라 신났다.

"영애야, 닭도 좀 먹어가면서 마셔."

평소와는 달리 안주발도 안 세우고 술만 마시는 나에게 지원이가 닭을 덜어준다. 웬일인지 입맛이 싹 사라져 버렸다. 이런 일이 나에게도 일어나다니.

평생 '입맛이 없다'는 말의 뜻을 모르고 살 줄 알았는데. 대부분의 사람이 입맛이 없다는 환절기는 물론, 심지어 아플 때조차도 식탐을 부렸던 인간 이영애가 아닌가.

지원이가 술에 취한 나를 도련님보고 데려다 주라고 한다. 취한 나를 자기 덩치로는 감당할 수 없다고 생각했나 보다.

아… 빈속에 술만 연거푸 들이켰더니 잔뜩 취해 버리고 말았다. 그런데도 도련님의 모습은 또렷하게 보이는 건 대체 무슨 현상이지?

택시를 잡기 위해 걸어가면서도 여자 친구와 계속 문자질을 하는 도련님. 슬쩍 엿보니 여친도 지금 술을 마시고 있는지 오라고 하는 것 같다.

"혼자 갈 수 있으니까 도련님은 가봐."

"정말이요? 혼자 가실 수 있겠어요?"

도련님이 두 번 물어보지도 않고 신나서 가버린다. 나쁜 녀석…….

아무리 여친 만나러 가는 길이 좋아도 한 번쯤은 나를 걱정해 줘도 되지 않니? 그리고 여자 친구도 있으면서 왜 그렇게 나한테 친절하게 대해준 거니?

난 혹시나 너도 나한테 호감을 가지고 있는 게 아닌가 생각하고 한순간 행복했었단 말이야.

사람들 속으로 사라지는 녀석의 뒷모습에 왠지 가슴이 먹먹해진다. 시선을 느꼈는지 도련님이 뒤를 돌아보며 나를 향해 웃는다.

도련님, 웃지 마.

오늘은 니 미소가 보기 싫어. 맷 데이먼보다 더 멋있는 미소지만,
오늘만은 보기 싫단 말야. 니가 얼마나 미운지 알아?

그러니까 웃지 마…….

그렇지만 저렇게 예쁘게 웃어주는 모습에, 미워하는 것조차 할 수
없는 나.

차라리 눈을 감아버린다.

연하에 대한 그녀들의 적나라한 속마음

"하느님, 부처님, 성모 마리아님, 삼신 할머님, 알라신이시여~

감사합니다."

이걸로는 부족하다.

"대한민국 만세! 만세!"

치마저고리를 입고 손에는 태극기를 흔들며

거리로 뛰쳐나가 이렇게 외칠 수도 있을 것만 같다.

너무 신나고 기쁘다.

지나가는 사람들한테 마구 뽀뽀라도 해주고 싶은 심정이다.

도대체 무슨 일이기에 이러냐구?

도련님이 퇴근 후에 술이나 한잔하자고 해서 회사 근처 카페에 갔다.

요즘 들어 얼굴이 어두운 도련님. 안주에는 손도 안 대고 술만 연거푸 마시더니 여자 친구와 헤어졌다고 한다.

순간 하마터면 그 앞에서 "오, 예~", "앗싸!" 같은 감탄사를 내뱉을 뻔했다. 다행히 이성이 이럴 때 제대로 작동해 줘서 최대한 안타깝다는 표정을 지으며 왜 헤어졌는지 묻고, 적당한 이별의 위로 몇 마디를 건네었다.

얘기를 들어보니 여친이라는 그년이 도련님을 좀 힘들게 했나 보다.

딱 들어보니 연애 선수인 그년. 밀고 당기기를 하며 도련님을 더욱 애달게 만들려던 수작이었나 본데, 지쳐 버린 도련님이 헤어지자고 해버린 것이다.

크크크, 쌤통이다. 아무리 참으려 해도 입가에 미소가 돈다. 도련님한테 들키면 안 되는데.

그렇게 잘 도련님을 위로한 뒤에 집으로 돌아가는 길, 발걸음이 너무 경쾌하다.

나도 모르게 투스탭으로 춤을 추듯 걸어갔다.

"하느님, 부처님, 성모 마리아님, 삼신 할머님, 알라신,

세상의 모든 신이시여~ 감사합니다."

역시나 이걸로는 부족하다.

"대한민국 만세! 만세! 만만세!!"

너무 너무 너무 너무 신나고 기쁘다.

홀딱 벗고 거리에 나가 춤이라도 출수 있을 것만 같다.

도대체 또 무슨 일이기에 이러냐구?

점심을 먹으러 가는 길인데 슬쩍 내 곁으로 온 도련님이 어제는 너무 고마웠다며 인사를 했다. 무슨 소리! 내가 고맙쥐.

그러면서 한다는 말이, 이번 주말에 영화를 보여주겠다는 것이다. 이게 꿈이야, 생시야……. 남자랑 단둘이 영화를 보러 가는 게 도대체 얼마 만인가.

혹시 이러다 도련님이랑 나랑 잘되는 거 아냐?

드라마나 영화를 보면 이별의 아픔을 추스르지 못하던 주인공이 자신을 달래준 주변인과 새로운 사랑을 시작하지 않는가.

사랑의 상처는 사랑으로 치유해야 한다며. 왜 당신을 진작 알아보

지 못했는지, 바보 같은 자신을 탓하면서.

아니다. 내가 너무 앞서가는 건지 모른다. 도련님은 그저 단순히 널널해진 시간을 때우기 위해 나와 영화를 보자는 걸지도 모른다.

아니지, 아니지. 지원이도 있는데 왜 하필 나겠어?

지원이를 놔두고 나에게 영화를 보자고 할 때는 분명 나를 특별하게 생각한다는 거다. 게다가 셋이 만날 수도 있는데 둘이 보자고 할 때는 뭔가 의미가 있는 거다.

설마 이런 게 작업? 아…… 누군가에게 상담하고 싶다.

평소 같으면 지원이에게 달려갔을 나지만, 도련님과의 일은 신중해야 한다. 나와 도련님의 관계를 전혀 모르는 제3자에게 객관적인 의견을 들어야만 한다. 그렇지! 오늘 저녁에 예전 아르바이트할 때 알던 애들이랑 만나기로 했잖아. 그녀들에게 은근슬쩍 상담해 봐야겠어.

사실 오늘 만나는 애들하고는 그리 친한 사이는 아니다. 같이 아르바이트한 게 인연이 돼서 몇 달에 한 번씩 가끔 저녁을 먹곤 하는 게다. 어떻게 보면 꾸준히 만나고 수다를 떠는 친한 사이 같지만, 속마음을 털어놓거나 하지는 못한다.

오히려 은근히 서로에게 라이벌 의식을 느낀다고나 해야 할까?

겉으로는 서로 되게 챙기고 예의를 차리지만, 사실 그리 친하지 않다. 웬만한 친구들에게 아무 거리낌 없이 욕을 던지는 나조차도 이 친구들에게는 예의를 차린다. 그러니 속으로 무슨 생각을 하는지 도통 알 수가 없다.

"벌써 와 있었네?"

◀) 혹시 둘이 먼저 와서 내 뒷담화하고 있었던 건 아닐까?

"어. 영애야, 나 왔어!"

◀) 약속 시간 안 지키는 버릇은 여전하구나.

"잘 지냈냐? 어떻게 너희들은 갈수록 예뻐지냐."

◀) 애들이 오늘 왜 이렇게 늙어 보이지?

혹시 나도 그런가?

"예뻐지긴. 영애, 너도 살 빠진 거 같다."

◀) 영애야, 요즘 너 술 많이 먹는구나. 좀 부었다, 얘.

"살 빠지긴. 자꾸 쪄서 미치겠다."

◀) 빠지긴 뭐가 빠지냐! 혹시 멕이는 건가?

"일단 주문부터 하자. 아, 오랜만에 너희들 만나니까 참 좋다."

◀) 명절도 아니고 웬 덕담?

"그래, 주문부터 하자."

◀) 먹는 거 밝히는 거 보니 너희도 금세 나처럼 되겠구나.

얼른 물어볼 거부터 물어봐야 되는데.

"저기…… 너흰 네 살 연하랑 만나는 거 어떻게 생각해?"

◀) 쇠뿔도 단김에 빼랬으니까.

"왜? 무슨 일 있어?"

◀) 없을 것 같기는 하지만 예의상 묻기는 해야지.

"내 얘기는 아니고, 너희는 모르는 친구 얘긴데 말이야."

◀) 뭐야…… 지 얘기로구만.

"회사 다니는 남자 후배랑 급속도로 가까워졌나 봐. 그 후배가 여자 친구랑 헤어지고 나서 같이 영화도 보고 밥도 먹자 그러고. 되게 친절하게 잘해준대. 그러다 보니까 그 친구도 볼수록 후배가 남자로 느껴지기도 하구 말야."

◀) 내 얘기라고는 꿈에도 생각 못 할 거다.

"난 연하도 좋은 것 같아. 연하랑 사귀어본 애들이 그러는데, 어린 애들하고 사귀면 자기도 어려지는 것 같은 느낌을 받는대. 보수적이고 꽉 막힌 나이 많은 남자들보다 연하들이 백배 낫지 뭐. 연하들은 그래도 여자들 의견을 좀 존중하잖아."

🔊) 영애야, 너도 연상연하가 트렌드인 건 아는구나!

그렇지만 너한텐 안 어울려.

"모르는 소리 하지 마. 처음에 연애할 때만 그렇지, 막상 결혼이라도 해봐라. 연하들이 더 대우받고 싶어하고, 여자를 꽉 잡고 살려고 그래."

🔊) 어쩜 이렇게 세상 물정을 모를까.

"그뿐인 줄 아니? 연하, 그거 사실 빛 좋은 개살구야. 우리 나이에 연하면 아직 경제력 못 갖춘 대학생이거나 신입사원, 뭐 이런 애들이잖아. 걔들이 연상한테 바라는 게 뭐겠어? 돈이야. 아니면 진짜 예쁘던가."

🔊) 영애야, 제발 정신 차려.

"다 그런 건 아니잖아."

🔊) 도련님은 집이 부잔데.

너희들, 최가네 보쌈이라고 들어는 봤냐?

"다 그런 건 아니겠지만, 내 주변에 연하 사귀는 애들 보면 대부분 무능력한 애들한테 코 꿰여 뒷바라지하다가 결국은 어리고 예쁜애한테 뺏기던데 뭘."

🔊) 이렇게 말귀를 못 알아듣네. 어떡할려구 그러니.

"근데 어느 책에서 봤더니 연상연하가 자연스러운 신의 섭리라더라. 우리나라에도 옛날부터 꼬마신랑이 있었잖아. 다들 잘만 살지 않았나?"

🔊) 왜 초를 치고 그러냐? 오늘 기분이 얼마나 좋았는데.

"잘살긴 뭐가 잘사니? 결국 꼬마신랑들이 마누라가 나이 먹으면 다 어린 첩들 끼고 살았잖아. 그리고 실제로 남자들 얘기 들어보면 연상이 성적으로 접근하기 쉬워서 만난대요. 그냥 성욕 배출구로 생각하는 거지. 그뿐이면 말도 안 해. 여자들도 사귈수록 불안해져서 나이에 안 맞게 어려 보일려고 발광하는 거, 진짜 못 봐주겠더라."

🔊) 이렇게 신랄하게 말해줘야 정신 차리겠니?

"그래도 애쉬튼 커쳐처럼 능력도 있고, 멋있는 연하도 있잖아. 실제로 오랫동안 잘살고 있고."

🔊) 하여튼 애는 옛날부터 무조건 삐딱선이야.

"그건 데미 무어같이 능력 있는 여자나 가능한 일이지. 보통 여자들이 데미 무어처럼 마흔 넘어도 예쁘니? 재산 많아?"

🔊) 더 이상 할 말 없지? 입 아프니까 그만 하자.

"……."

🔊) 그래, 더 이상 할 말이 없다. 난 데미 무어가 아니니까.

어떤 인터뷰를 보니까 애쉬튼 커쳐가 이런 말을 했다.

　　"인생은 사랑을 배워가는 과정이라고 생각해요.

　　아무리 힘들어도 그걸 멈추면 안 되죠."

참 멋있는 녀석이다. 혼자서 쓸쓸히 집으로 돌아가는 이 밤, 데미 무어가 미치도록 부럽다.

두 번째 이야기

"이제 서른 살… OTL;;;"

빼도 박도 못하는 서른 살 그녀, 영애 씨

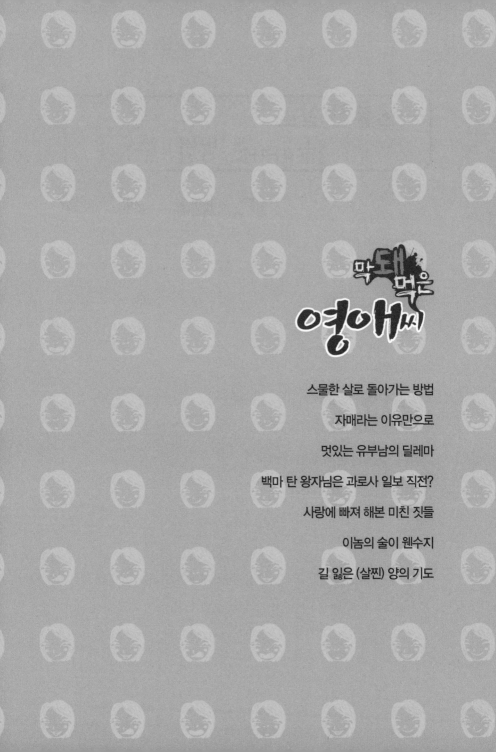

막돼먹은 영애씨

스물한 살로 돌아가는 방법

01

띠리링~

문자가 왔음을 알리는 신호음에 잠결에도 손은 핸드폰을 찾아 침대

위를 더듬는다. 핸드폰이 손에 잡히자 그때서야 힘겹게 눈을 떴다.

버튼 몇 개를 눌러 확인한 메시지.

이영애 고객님, 생일을 진심으로 축하합니다! ^.^♡

자주 가는 미용실에서 보낸 메시지다. 뒤이어 인터넷 쇼핑몰, 이동

통신회사, 은행, 대형마트에서 문자가 오기 시작한다. 하나같이 살가

운 말투로 생일을 진심으로 축하한다고 한다.

아이러니한 건 얼굴 한 번 본 적 없는 핸드폰 회사며 마트에서도 내 생일을 기억하는데, 우리 식구들은 아무도 기억을 못하고 있다는 거다.

그렇다. 오늘은 나의 서른 번째 생일이다. 생일이 안 지났으니 29살, 이십대라 바락바락 발버둥 쳤는데, 이젠 진짜 빼도 박도 못하는 서른이다.

사실 나도 뭐, 그리 생일에 집착하지는 않는다.

어릴 때는 생일이 마냥 즐겁고 어떤 선물을 받을까 기대되고 그랬지만, 이제는 웬만하면 그냥 지나치고 싶다.

오히려 미룰 수만 있다면 미루고 미뤄서 나이 먹는 걸 늦추고 싶은 심정이다. 낳아주신 부모님께 감사드리고 그냥 넘어가야지…… 라고 생각했으나, 막상 미역국 없는 밥상을 보니 쓸쓸하다.

그나마 요즘 들어 엄마 아빠의 부부 싸움이 잠잠한 걸 다행으로 여기며 회사로 향했다.

"영애야, 생일 축하해!"

역시 지원이밖에 없다. 그것도 잠시, 미역국도 못 먹었다는 내 말에 사장을 졸라 생일파티를 열어주겠다는 지원이의 입을 막느라 힘 뺏

다. 그 인간한테 생일 얘기했다가 나이 한 살 더 먹은 거냐며 제발 그
만 좀 먹으라는 식의 썰렁하고 기분 나쁜 유머를 칠 게 분명하다.

물론 빼질이 윤 과장은 옆에서 "센스쟁이!"라고 엄지손가락을 하늘
로 치켜들겠고.

점심을 먹고 회사로 돌아가는 길.

"영애야, 내가 생일 선물로 옷 하나 사줄게."

"됐어. 뭘 새삼스럽게 선물은……. 저기여, 지원이랑 저는 녹차랑
커피 사야 되니까 먼저들 들어가세요."

그렇게 남자 셋을 따돌리곤 사거리에 있는 옷가게로 향했다. 사준
다는 데 마다할 내가 아니지. 크크크. 😊

곧 지나갈 때마다 눈길이 가곤 했던 옷가게 앞에 도착했다.

쇼윈도에 걸려 있는 예쁜 옷들을 보니 마음이 설레인다. 이럴 땐 나
도 천상 여자인가 보다.

가게 안으로 들어가 소매에 레이스, 허리엔 리본이 앙증맞게 있는
옷을 골라 몸에 대어봤다. 거울 속에 비친 내 모습이 어색하기만 하다.

내 덩치에 레이스가 웬 말이고 리본이 웬 말이냐 싶어 망설이는
데, 지원이가 잘 어울리겠다며 용기를 준다. 그래서 옷을 입어볼려

는 찰나,

"손님, 죄송한데 손님 사이즈는 없거든요."

이런, 젠장! 꼭 이런 식이다. 열 받아서 괜히 이 옷 저 옷 아무렇게나 들춰보고는 가게를 나와 버렸다.

하여튼 이놈의 살이 내 인생을 가로막고 있다니까. 웬수 같은 살을 어떻게 해야 되나……. 일도 손에 잡히질 않는다. 아이스 커피나 찐하게 한 잔 타먹어야겠다.

"선배님, 오늘 약속 있으세요?"

도련님이 탕비실로 슬그머니 들어오더니 묻는다.

"없는데. 왜?"

"친구랑 뮤지컬 보기로 했는데 갑자기 못 온대요. 시간이 되시면 같이 볼래요?"

"어. 나야 좋지."

"그럼 이따 퇴근하고 같이 가요. 참, 다른 사람들한텐 말하지 마세요. 표가 두 장뿐이거든요."

앗싸라비야~ 이게 웬 생각지도 못한 시츄에이션!

생일을 남자랑 보내게 되다니. 그것도 꽃미남 도련님이랑 뮤지컬을 보면서. 그뿐인가. 도련님과 나, 둘만의 비밀이 생기는 거다.

시간이 왜 이렇게 더디게 가는 거지? 시계야, 빨리 돌아라. 제발 빨리 좀 가.

그때 대머리가 당황한 얼굴로 사장실에서 나온다.

"이영애! 본토갈비집 현수막이랑 찌라시 제대로 보냈어?"

"물론이죠. 오늘 확장 이전해서 개업하잖아요."

"근데 왜 아직도 도착 안 했대?"

"그럴 리가요…… 잠깐만요. 확인해 볼게요."

아뿔사! 개업하는 곳으로 보낸다는 게 그만 원래 자리로 보내고 말았다.

"일을 이딴 식으로 할 거야? 얼른 물건 찾아서 직접 갖다 주고 와!!"

화가 난 대머리가 호통을 치고는 사장실 문을 쾅! 닫고 들어갔다. 이제껏 이런 실수를 해본 적이 없는 난데… 누가 뭐래도 일처리는 꼼꼼하다고 자부하던 난데…….

도련님과 뮤지컬 볼 생각에 너무 들뜬 나머지 실수를 하고 말았다. 미치겠다, 정말.

주인에게 싹싹 잘못을 빌고는 부랴부랴 현수막을 달기 위해 사다리를 타고 올라갔다.

찌익—

헉! 이건 치마 입고 사다리 타고 올라가다 스타킹 찢어지는 소리?!

아니야, 지금 그런 걸 신경 쓸 때가 아니야. 스타킹이야 다시 사 신으면 그만이지.

간신히 현수막을 달고 내려오자 개업날인데 손님들이 안 오면 어떡할 거냐고 주인이 화를 낸다. 화내는 주인을 겨우 달래놓고 찌라시를 직접 나눠 주기 시작했다.

놀고 있는 손으로 좀 받으면 좋으련만……. 다들 귀찮은 듯 사람들이 나를 피한다.

오후 내내 밖에 서서 찌라시를 돌리고 홍보를 하느라고 얼굴이며 겨드랑이에 땀이 흥건하다. 그래도 다행히 손님이 웬만큼 찼다. 주인도 마음이 풀린 듯하다. 겨우 한숨을 돌리며 시계를 보다가 깜짝 놀랐다.

오 마이 갓! 벌써 7시. 8시 공연인데 7시라니!

핸드폰을 확인하니 도련님이 몇 번이나 전화를 했다.

우선 전화를 해 공연장에서 만나기로 하고는 택시를 잡으려다 스타킹이 나간 게 생각나 주변을 둘러보았다.

길 건너에 있는 편의점을 보고는 바로 달려갔다. 양 편에서 오는 차들을 눈치껏(약간의 얼굴 위협도 한몫 😊) 피하며 과감한 무단횡단으로 겨우 스타킹을 샀다. 그리곤 바로 그 건물 화장실로 갔다. 마음이 급해서 그런지 스타킹을 갈아 신는 것도 왜 이리 오래 걸리는지 진땀이 난다.

화장실에서 나오자 갑자기 비가 내리기 시작한다. 서둘러 택시를 잡아 타 기사 아저씨에게 빨리 좀 가달라고 부탁했다.

그러나 비 내리는 퇴근길 도로는 엄청 막히게 마련.

이대로 가다가는 도저히 시간을 못 맞출 것 같아 가까운 지하철역에서 내렸다. 지하철을 타고 가는 게 나을 것 같은데, 아…… 그래도 늦겠는데 어쩌지?

전철을 기다리며 안절부절못하고 있는데 핸드폰이 울린다.

"선배님, 어디세요?"

"미안. 가는 중이야. 앞으로 30분 정도는 걸릴 거 같은데."

"어떡하죠? 지금 시작하려고 하는데."

"그래? 그럼 너 혼자라도 들어가. 공연 시작하면 못 들어가잖아. 너라도 봐야지."

"그럼 그럴게요. 내일 봬요."

허무하다. 결국 이렇게 되려고 하루 종일 설레고 그렇게 땀을 삐질 삐질 흘리며 여기까지 왔단 말인가. 그때 핸드폰이 또 울린다.

"누나, 빨리 좀 와. 지금 엄마, 아빠 난리야."

영민이의 다급한 목소리.

집 밖에서도 엄마의 신경질적이면서도 드센 목소리가 들려왔다.

"내가 못살아! 아이고~ 내 팔자야……."

이번엔 또 뭐 때문인지. 현관을 들어선 그 순간부터 짜증이 팍 밀려온다.

"나가! 당장 나가라구!"

"여보, 왜 이래?"

"왜 이래? 몰라서 묻냐? 내가 한 번만 더 나 몰래 보증 서면 당장 이혼이라고 그랬지? 누구 맘대로 또 보증을 서줘?"

"당신도 덕구 알잖아. 걔 요즘 얼마나 불쌍하냐? 한 번만 도와달라는데 어떻게 모른 척해."

"친구만 불쌍하고 나는 안 불쌍하냐? 세상에서 나같이 불쌍한 년이 있는 줄 알아? 다른 말 필요 없고! 당장 나가!!"

언제 쌌는지 가방까지 꾸려서 아빠를 떠미는 엄마.

요즘 좀 잠잠하다 했더니, 폭풍전야였던 것이다.

엄마가 하도 고래고래 소리를 지르자 아빠도 참다못해 대꾸한다.

"여기가 내 집인데 나보고 어디를 나가래?"

"뭐? 누가 당신 집이래? 당신이 몇 푼이나 벌어왔다구! 나 아니었음 당신, 애저녁에 쪽박 찼어!"

엄마와 아빠가 신랄하게 서로를 비꼬며 싸우고 있는 뒤편, 영민이와 영채가 구석에 서서 나에게 간절한 눈빛을 보낸다. 제발 부모님 좀 말려보라는 거다.

그래, 내가 나설 차례다.

"이럴려면 아예 이혼을 하세요!"

날카로운 내 음성에 모두가 놀라 싸움도 잊은 채 나를 본다.

"이게 뭐예요? 만날 자식들 앞에서 싸움이나 하고. 자식들 보기 부끄럽지도 않으세요? 이놈의 집구석, 들어올 맛이 안 나!"

버럭 승질을 내고는 뛰쳐나와 버렸다.

당차게 뛰쳐나와 지금 있는 곳은 동네 포장마차.

소주 한 병을 시키며 포장마차의 구석 자리에 앉았다. 그제야 짝짝이로 신고 나온 신발이 눈에 거슬린다.

한쪽은 운동화, 한쪽은 쓰레빠. 😟

하여튼 뭐 하나 제대로 되는 게 없다. 정말 지상 최대의 해피한 생일이다.

갑자기 배에서 요동을 친다. 그러고 보니 오늘 점심에 냉면 한 그릇 먹은 이후론 아무것도 먹질 못했다. 아무리 그래도 생일인데…….

옆 테이블에서 안주를 먹는 걸 보자 더욱 허기가 진다.

이런 젠장! 드라마나 영화를 보면 이럴 때 깡소주를 마시면서 고독을 씹던데 나는 왜 이러냐. 역시 현실은 드라마랑 전혀 다르다.

그래서 나는 이렇게 외친다.

"아줌마, 여기 오돌뼈랑 홍합탕 주세요!"

배가 조금 불러오자 방금 전의 내 행동이 후회되기 시작한다. 부모님께 낳아주신 걸 감사드리자고 다짐할 때는 언제고 이게 뭔 짓이란 말인가. 성질이나 부리고, 그것도 생일날.

그러고 보니 나는 이중인격자인 것 같다.

🔊) 부모님이 영원히 오래 사셨으면 좋겠다.

—얼굴만 보면 짜증부터 난다.

🔊) 파랗고 예쁜 하늘을 보며 태어난 걸 감사드린다.

—이렇게 살 거 뭐 하려 태어났나 싶다.

🔊) 취업하기도 힘든 요즘, 일이 있다는 게 얼마나 행복인가 싶다.

—이까짓 직장, 당장 때려치우고 싶다.

🔊) 한 사람만을 사랑하며 지고지순하게 살고 싶다.

—여러 남자들과 어울리며 아무렇게나 살고 싶다.

🔊) 엄청 소심하다.

—돌발적인 행동을 한다.

．
．
．

이게 다 내 모습이다. 내 속엔 이중인격자, 아니, 삼중, 사중의 내가 있는 것 같다. 왜 이렇게 사람이 일관되지 못하고 왔다 갔다 하는 것일까.

혹시나 하며 양념만 남은 오돌뼈 그릇을 헤집는데 저쪽에서 영채가 쭈뼛대며 오는 게 보였다.

"여기 있었네."

"어떻게 알고 왔냐?"

"언니가 갈 데가 여기밖에 더 있어? 신발까지 그렇게 신고 나가놓고는."

그러면서 맞은편 자리에 앉는 영채. 왠지 좀 머쓱해서 괜히 소주만 들이킨다.

"언니, 생일 축하해."

"알고 있었냐?"

"어. 낮에 네이트온 들어갔다가 알았어. 아침에 축하 못해줘서 미안."

"됐어. 뭐 대단한 날이라구."

"그만 마시고 집에 가자. 엄마, 아빠가 기다려. 언니 생일인 거 알고 어쩔 줄 몰라 하셔."

　그 말에 바로 일어나기도 좀 뭐해서 소주 몇 잔을 더 들이키자 영채가 그만 마시라며 아예 소주병을 빼앗았다. 그러더니 자리에서 일어나 나를 일으켜 세운다.

　결국 난 못 이기는 척하며 영채를 따라 집으로 향했다. 집에 가면 뭐라고 해야 되나. 죄송하다고 사과부터 드려야겠지?

　그렇게 다짐했건만 막상 엄마, 아빠 얼굴을 보자 죄송하다는 말이 안 나온다. 그렇지만 아마 내 표정으로 다 아실 것이다. 이 못난 딸이 부모님께 죄송해 한다는 것을.

　가족이란 그런 것이다. 굳이 말을 하지 않아도 내 마음을 알아주는 세상의 유일한 사람들. 끊어 낼래야 끊어 낼 수 없는 끈으로 연결된 사람들.

　저녁 시간도 지났지만 지금 엄마는 미역국을 끓이고 계신다.

　아빠는 급히 봉투에 돈을 넣어 주시며 옷이라도 사 입으라고 하신다.

　영민이가 케익에 초를 꽂아 불을 붙이곤 끄라고 한다.

　눈앞에 커다란 초 세 개가 보인다.

서른 살.

벌어놓은 돈도, 번듯한 직장도, 멋있는 남자친구도 없는데 어느새 서른 살이나 먹어버렸다. 아무도 모르게 슬며시 한 개의 초를 꾹 눌러 꽂았다.

큰 초 두 개에 작은 초 한 개.

그렇게 하고 나니 내 나이는 스물한 살이다.

초 하나만 살짝 눌러줬을 뿐인데 9년 전의 스물한 살 꽃다운 나이로 돌아갔다. 갑자기 기분이 좋아진다.

행복과 불행은 종이 한 장 차이, 모든 게 생각하기 나름이라고 나 자신을 위로해 본다.

자매라는 이유만으로

02

밥 세 주걱 넣고 갖은 나물에다가 고추장과 참기름을 넣어 슥슥 비빈 비빔밥, 케익 두 조각, 복숭아 한 개, 하드 한 개.

그렇게 먹고도 또 라면을 끓여 먹고 있다.

내 얘기냐고? 그렇다면 해가 동쪽에서 뜨는 것처럼 자연스러운 거라 이렇게 떠벌일 이유가 없다. 내가 아니라 동생 영채가 오늘 저녁에 먹은 음식을 적은 것이다.

그러고 보니 며칠 전부터 무지 처먹기 시작한 것 같다. 평소엔 밥한 공기도 깨작대던 년인데.

"야, 또 무슨 라면을 먹냐?"

"내가 라면을 먹든 말든 언니가 무슨 상관이야!"

"이년이 왜 괜히 짜증이야."

"언니가 짜증나게 구니까 그렇지."

버럭 신경질을 내더니 밥까지 말아 먹는다. 지금 이건, 먹는 것에는 선수인 내가 볼 때도 위험한 수위다. 분명 뭔가 있다.

극심한 스트레스 혹은 임신?

분명 둘 중에 하나다.

아무래도 좀 알아봐야겠다.

가느다란 영채의 숨소리가 들려온다.

잠이 들었나? 손을 들어 살짝 영채의 눈가에 대어봤지만 꿈쩍도 하지 않는다. 잠든 게 확실한 상황.

살금살금 침대에서 내려가 영채의 책상 서랍을 열었다. 항상 여기다 두는 것 같았는데. 아! 여기 있다. 목표물을 찾아낸 나는 곧바로 화장실로 향했다.

지금 내 손엔 영채의 일기장이 들려 있다. 나랑 다르게 영채는 꼬박꼬박 일기를 쓴다. 중학교 때까지 몰래 훔쳐보다가 철든 이후로는 안 보려 노력했다. 그렇지만 오늘 같은 비상사태에는 훔쳐보는 수밖에 없다.

도대체 왜 영채가 먹보로 변했는지 알아야만 한다.

"미안하다, 영채야"를 세 번쯤 외치고 일기장을 펼쳐 들었다.

세상에…… 세상에……. 영채는 처녀가 아니었다!

세상에…… 세상에……. 남친 준오가 양다리를 걸치는 바람에 헤어졌다!

세상에…… 세상에……. 영채는 유부남을 만났다!

세상에…… 세상에……. 유부남의 내연녀, 부인도 아닌 내연녀와 머리끄덩이를 잡고 싸우기까지 했다!

이럴 수가! 벌어진 입이 다물어지지 않는다.

내가 모르는 사이에 내 동생 영채에게 이토록 많은 일이 있었다니. 너무 놀라서 그만둘까 싶지만 꾹 참고 일기를 계속 읽어 내려갔다.

쇼킹한 사건들을 지나 드디어 발견했다.

영채가 요즘 스트레스를 받는 이유, 그건 친구 나영이 때문이었다.

단짝 친구인 나영이가 먼저 취직해 버린 거다. 만날 둘이 붙어 다니며 미팅하고 놀러 다니고 그랬는데, 허접해 보였던 나영이가 먼저 취직을 할 줄이야. 그것도 이름만 들으면 다들 알 만한 대기업에.

영채의 마음이 십분 이해된다.

그렇지, 같이 탱자 탱자 놀 때는 언제고 혼자서만 먼저 좋은 데 취직해 버리면 기분 나쁘지. 아무리 친한 친구라지만 진심으로 기뻐해 주기가 쉽지 않은 상황인 것이다. 영채는 지금 얼마나 속이 상할까.

영채와 나는 7살 차이.

아직도 엄마가 영채를 낳아 집으로 데려오던 그날의 일이 기억난다. 자고 일어나니 엄마랑 아빠가 보이지 않고, 대신 옆집 아줌마가 계셨다. 그래서 아줌마께 물어보니 새벽에 산기를 느껴 병원에 가셨단다.

그날 저녁 집에 들른 아빠가 동생이 태어났다는 걸 알려주셨고, 산부인과에 가서 동생을 처음 봤다.

빨갛고 길쭉하고…… 솔직히 예쁘진 않았다. 작은 게 꼬물거리는 모습이 그저 신기할 뿐이었다.

영채를 보는 어른들마다 크면 예쁠 거라고 했다. 아기 때 빨간 아이

들이 크면 뽀얗게 된다나 뭐라나. 그리고 이목구비며 팔다리가 아기답지 않게 또렷하고 길쭉하다고 했다.

어른들 말이 그른 거 없다더니, 영채는 커갈수록 인물이 살았다. 그에 비해 나는 커갈수록 살들이 튼실하게 살아났다. 그래도 동생을 질투하거나 하진 않았다. 동생이 생긴 것만으로도 기뻤으니까.

그런데…… 내가 초등학교 2학년인가 3학년일 때 엄마가 아프셨다. 그래서 엄마는 학교에서 돌아오면 나에게 무조건 영채를 업혔다.

나는 그게 너무너무 싫었다. 동생을 업고 있기 때문에 뛸 수도 없었고, 자연스레 친구들과 하는 놀이에도 끼지 못했다. 그 좋아하는 고무줄 놀이도, 얼음땡도, 제기 차기도 친구들은 나와 편먹기를 싫어했다.

불쌍한 나. 지금도 그 당시의 사진첩을 보면 사진 속 내 모습은 영채를 업은 채 입은 댓발이나 나와 있다.

사실 나의 산만 한 덩치는 초등학교 때 다 완성된 거다. 초등 6학년 때 이미 키 159cm에 몸무게 61kg이었다.

그래서일까? 한번은 이런 일도 있었다.

중학교 1학년 때 영채 손을 잡고 엄마 심부름으로 간장을 사러 가는

데, 장사를 시작한 지 얼마 안 된 수퍼집 아줌마가 나를 보고 이렇게
말했다.

"아유, 딸이 예쁘네. 엄마 닮은 거 같진 않구…… 아빠 닮았나 봐."

중학교 때 이미 딸을 둔 아이엄마로 오해받은 나.

순간 속상해서 동생을 버려둔 채 혼자서 막 뛰어갔다.

그랬더니 저 멀리서 영채가 엉엉 울며 "언니야…… 언니야…… 같
이 가……" 하며 쫓아오는 게 아닌가. 마음 같아서는 진짜 버리고 가
고 싶었지만 차마 발걸음이 떨어지지 않았다. 대신 그 후론 말끝마다
'언니'를 꼭 붙이라고 했다. 남들이 다시는 모녀간으로 오해하지 못하
도록 말이다.

동생 영채와는 추억거리도 참 많은데, 어느 날은 놀러 나간 영채가
하도 돌아오지 않길래 내가 찾아 나선 적이 있다.

한참을 찾다가 어느 집 쓰레기통 위에 올라가 울고 있는 영채를 발
견했다. 가서 보니 쓰레기통 아래에서 아주 작은 개가 영채를 향해 사
납게 짖어대고 있었던 것이다.

집으로 가려다 개가 쫓아오자 무서워 쓰레기통 위로 도망친 듯했
다. 그래서 난 바닥에 떨어져 있는 나무토막을 들고는 개를 쫓아버린
후 그때까지도 떨고 있는 영채를 안고 집으로 왔다.

무서워서 벌벌 떨다가 내 품에 안기자 그제야 쌔근쌔근 잠이 들었던 영채.

한동안 자다가도 "멍멍이 무서워~" 라며 소리를 지르곤 했다.

그런가 하면 영채 때문에 동네 사람과 한바탕 싸움이 난 적도 있었다.

학교를 마치고 집으로 돌아오는데 영채가 또 울고 있는 것이 아닌가. 무슨 일인지 물어봤더니 뒷집에 사는 상철이 녀석이 때려서 맞았다고 했다. 그 소리에 화가 나 곧바로 놀이터에서 놀고 있던 상철이 녀석을 뒷골목으로 끌고 가 흠씬 패주었다. 왜 약한 여자애를 때리느냐면서.

🔊) 이 일로 인해 상철이는 평생 트라우마를 간직하고 살지도 모른다. 덩치 좋은 여자만 보면 도망가는 남자가 됐을지도……. 🙂

그렇게 일단락됐다고 생각했는데, 술에 취해 집에 돌아온 상철이의 아버지가 앞집 여자애한테 아들이 맞았다는 걸 알고는 우리 집으로 찾아왔다.

그때 우리 부모님은 영민이만 데리고 삼촌집 집들이에 가신 참이었다. 상철이네 아저씨는 어쩜 계집애가 그리 포악스럽냐고 나를 혼내셨고, 나는 상철이가 먼저 내 동생 영채를 때렸다고 빠락빠락 대들다가 급기야는 울음을 터트렸다.

아저씨가 간 후에도 울고 있던 내 모습을 삼촌네 집에서 돌아온 엄마가 보시곤 눈이 뒤집혀 당장 상철이네 집으로 출동하셨다. 다 큰 어른이 어디 할 일이 없어서 어린애들 싸움에 끼어드냐고. 그러자 상철이네 엄마까지 가세하게 되었고, 보다 못한 우리 아빠까지 거들게 되어…… 정말 집안 싸움이 되고 말았다.

결국 우기는 것과 말싸움에는 일가견이 있는 우리 엄마의 선전으로 '상철이 아빠가 죽일 놈'이 되며 싸움이 일단락됐다.

나 땜에 괜히 싸움이 커진 게 아닌가 싶어 기죽어 있었는데, 엄마는 나의 어깨를 두들겨 주시며 말씀하셨다.

"우리 큰딸, 아주 잘했다. 또 니 동생 괴롭히는 사람 있으면 패줘. 뒷감당은 다 엄마가 할 테니까. 알았지?"

"네!!"

나는 아주 큰 소리로 대답했다. 그리고 엄마 말씀대로 누가 내 동생 영채를 괴롭히면 꼭 혼내주리라 마음먹으며 두 주먹을 불끈 쥐었다.

그랬던 내가 벌써 서른 살. 영채는 스물 하고도 세 살, 대학교 4학년이다.

참 세월이 빠르다. 이렇게 자라 버린 영채가 대견하기도 하고 신기하기도 하다. 하물며 동생을 보면서도 이런 생각이 들진대 부모님은 어떠실까.

동성의 형제를 갖는다는 건 참 행복한 일이다.

특히 나이가 들수록 서로에게 의지하게 된다. 여자 형제가 없는 엄마는 든든한 언니, 동생이 있으면 소원이 없겠다고 항상 말씀하신다.

옳은 말씀이다. 나도 나중에 결혼하면 꼭 동성으로 자식을 낳을 것이다. 아참, 이건 일단 결혼부터 하고 나서 걱정할 일이구나.

자고 있는 영채의 머리를 한번 쓰다듬어 본다.

영채야, 앞으로 더 힘든 일이 있을지도 몰라.

넌 지금 나영이가 부럽겠지만, 나영이 그년은 이제부터 고생문이 열린 거야. 사회 생활이란 게 얼마나 힘든 건데.

그 힘든 세상에 넌 조금 천천히 나가렴.

대학 졸업하고, 더 놀다가 천천히…… 아주 천천히…….

그때까진 언니가 용돈 줄게. 알았지?

영채가 내 손길을 느꼈는지 뒤척인다. 그러다 자신을 빤히 보고 있는 나를 보고는 화들짝 놀란다.

"뭐야? 자는 사람한테!"

이년 보게. 또 성질이네.

"그냥 동생 얼굴 좀 봤다. 그럼 안 되냐?"

"아, 짜증나. 이젠 별짓을 다하네. 언니 노처녀 히스테리야?"

아~놔! 아무리 내 동생이지만 어쩜 이렇게 분위기 파악을 못하냐. 에라, 모르겠다.

뽀옹~

영채를 향해 방귀총 한 방을 날렸다. 이제 속이 좀 시원하다. 

멋있는 유부남의 딜레마

03

이런 사람이라면 한번 사귀어보고 싶다는 마음이 드는 남자는 게이, 아니면 유부남인 경우가 90% 이상이다. 게이야 뭐 어쩔 수 없다 치고, 유부남들은 참 아깝다. 조금만 일찍 만났으면 참 좋았을 것을.

아니다. 일찍 만났다고 내 것이 되지는 않았을 사람들이다. 그들의 와이프들은 하나같이 어찌나 미인들인지.

어쨌든 너무 아깝다. 매너도 엄청 좋은 데다가 달콤할 정도로 가정적인 모습이라니. 영채도 분명 이래서 유부남한테 빠졌던 거겠지?

저런 사람이라면 불륜을 한번 저질러도 괜찮겠다 싶은 생각이 들기까지 한다.

거래처 사장님 중에 그런 분이 계신다.

40대 초반인 나이에 작은 인쇄소를 운영하고 계신 김 사장님.

서른 살에 결혼해서 아이도 두 명이나 있다. 편안해 보이는 인상도 너무너무 좋은 데다가 얼마나 자상한지 모른다. 정말 그분의 와이프는 복받은 사람이다. 어떻게 했길래 저런 괜찮은 남자를 만나 결혼했을까?

오늘 김 사장님하고 미팅이 있다. 세금 계산서도 받아야 하고, 새로 작업 들어가는 미용실 인쇄 시안도 넘겨야 한다.

그분을 만나러 가는 길은 항상 기분이 좋다.

"영애 씨, 왔어요?"

예의 멋진 저 웃음. 아마 저분도 조지 클루니나 숀 코네리처럼 근사하게 늙어갈 것이다.

일 얘기를 마치고 돌아가려 하는데 같이 저녁이나 먹잔다. 어차피 약속도 없고, 바로 퇴근할 생각이었기에 좋다구나 하고 김 사장님 차에 올라탔다.

김 사장님의 차를 타고 도착한 곳은 행주산성에 있는 고깃집이었다. 내가 고기 좋아하는 걸 어떻게 알았지? 아니구나. 내 통통한 살집만 보더라도 단박에 알 수 있겠구나.

"영애 씨, 이거 먹어봐. 지금 먹어야 딱 맛있는 거야. 술도 좀 시킬까? 난 운전해야 되니까 영애 씨만 먹어. 맥주 좋아하지? 맥주 시킬게."

참 자상하기도 하시지.

적당히 구워진 고기를 내 앞접시에 손수 놓아주기까지 하고, 거기다 잔이 빌 때마다 눈치 빠르게 따라주는 모습이라니.

산 좋고 공기 좋은 데서 맛있는 고기를 남자가 따라주는 술과 함께 먹고 있다. 지금 이 순간만은 김태희, 전지현이 안 부럽다.

굳이 부러운 사람을 찾자면 김 사장님의 아내 정도?

아~ 김 사장님의 와이프는 얼마나 행복할까.

신나서 고기 2인 분과 맥주 세 병을 순식간에 해치운 나와는 대조적으로 김 사장님의 표정은 갈수록 어두워진다. 내가 술이랑 고기를 너무 많이 먹어서 저러나? 혹시 돈이 모자라서?

"영애 씨, 사실 요즘 나 너무 힘들다……."

그러면서 시작된 김 사장님의 이야기. 알고 보니 와이프랑 잘 맞지 않고, 성격적으로도 안 맞을뿐더러 섹스리스 부부라는 것. 그냥 아이들 땜에 마지못해 살고 있단다.

너무 놀랐다. 마냥 행복하기만 할 것 같던 김 사장님한테 그런 아픔이 있었단 말인가. 결혼 생활을 안 해본 내가 뭐라고 위로하기도 뭐하고, 그저 내가 해줄 수 있는 일은 김 사장님의 얘기를 들어주는 것밖에 없다.

　쓸쓸한 표정으로 한숨을 내쉬던 김 사장님이 이제 그만 가자고 한다. 뭐라 할 말이 없어진 나도 조용히 그 뒤를 따라 자리에서 일어났다. 그런데 이쪽은 올 때 왔던 길이 아닌데?
　"김 사장님, 차 저쪽에 있지 않아요?"
　"아냐. 이쪽으로 가야 더 빨라."
　앞장서 가는 김 사장님을 따라 왔던 길과 다른 곳으로 걸어갔다. 근데 꽤 걸은 것 같은데도 아직까지 차가 보이지 않는다.
　"사장님, 이쪽 맞아요? 제가 볼 땐 저쪽으로……."
　순간, 말을 마치기도 전에 김 사장의 입술이 내 입술을 덮어버렸다. 깜짝 놀라 김 사장을 밀쳐 냈다.
　"왜 이러세요?"
　"영애 씨, 나 너무 외로운 사람이야."
　아니, 이 인간이 밀쳐 내고 또 밀쳐 내도 자꾸만 내게 키스를 하려 든다. 손은 어느새 내 가슴을 찾아 더듬고 있고. 이런 짐승만도 못한 인간!

참다못해 있는 힘을 다해 확 밀쳐 버렸다. 그러자 김 사장, 아니, 짐 승만도 못한 인간이 뒤로 벌렁 나자빠져서는 내 힘에 놀랐는지 동그래진 눈을 하고 날 바라보았다.

서울로 돌아가는 차 안. 김 사장이 연신 내 눈치를 본다.

"영애 씨, 미안해. 내가 뭐에 씌었었나 봐. 아무리 외로워도 그렇지, 어떻게 영애 씨한테… 정말 할 말이 없다. 용서해 줘."

"……"

"그리구… 아무한테도 말 안 할 거지? 그래 줄 거지?"

정말 홀라당 깬다. 잠깐이나마 이런 인간을 멋있다고 생각한 내가 한심하다. 어쩜 난 이렇게 사람 보는 눈이 없을까?

아무리 잠을 청해도 쉽게 잠이 오지 않는다. 인간적으로 좋아했던 사람에게 배신당한 기분, 정말 더럽다. 그렇게 후진 인간을 좋아했다니.

이걸 멋있는 유부남의 딜레마라고 해야 할까?

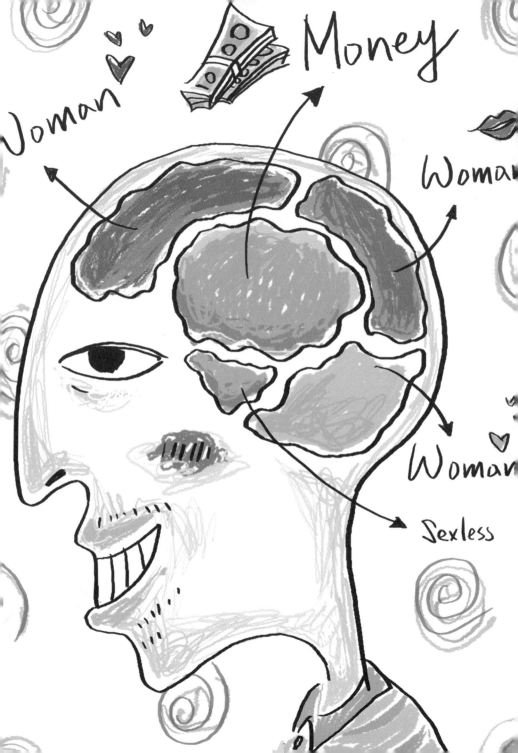

가정적인 게 장점인 유부남이 나에게 관심을 표하는 순간,

아이러니하게도 그의 매력은 뚝 떨어져 버린다. 아내를 영원히 사랑해 줄 것 같았기에 멋있던 그 부분이 부인을 배신하는 순간, 그는 그저 음흉한 한 마리의 하이에나에 지나지 않게 되는 것이다.

유부남… 과연 그들은 남자인가? 남편인가?

침대를 박차고 일어나 인터넷을 클릭하다 보니 유부남과 사귀었던 여자들의 글이 보인다. 혹시나 해서 찾아본 건데 이렇게나 많은 정보와 글들이 있을 줄이야. 새삼 놀란다.

그녀들의 글을 읽다 보니 김 사장은 유부남들의 전형적인 수법을 썼던 거다. 대부분의 유부남이 여자를 꼬실 때 자신은 섹스리스 부부임을 강조한다고 한다. 아이가 있을 경우에는 딱 한 번 했는데 아이가 생긴 거라고 한단다. 아이가 셋인 경우는 딱 세 번 했다고 하고.

그래서 엄청 외롭고 힘들다며 여성의 동정심을 자극하는 것이다. 그들의 말에 따르면, 마치 이혼이 임박한 것 같지만 진짜 이혼하는 사람은 거의 없다고 한다.

하긴, 섹스리스 부부라는 것부터 말이 안 된다. 어떤 책을 보니까 새벽 4시에 남자들의 성욕이 가장 왕성해질 때라는데, 옆에 누워 있는

부인과 굳이 잠자리를 피한다는 게 말이 되나?

며칠 후 친구들을 만나서도 유부남에 대한 얘기를 해봤다. 다들 몇 번씩은 찝쩍대는 유부남 때문에 기분이 상한 적이 있었다고 한다. 그런가 하면 유부남과 사랑에 빠져 사귄 애들도 있었다. 하긴, 아주 가까이에 있는 영채만 해도 그렇지 않은가.

그녀들은 유부남과 사귄 후 또래 남자를 만나는 게 쉽지 않았다고 털어놓았다. 유부남들이 가지고 있는 경제력과 여유, 여자에 대한 배려는 미혼의 남자, 특히 여자를 별로 사귀어보지 않은 남자들은 도저히 따라갈 수가 없는 수준이었기 때문이다.

가정은 지키면서 잠깐 놀아보려는 유부남들의 뻔한 속셈.

그래서 까다롭게 고르지도 않고, 번거로운 스킨십의 절차를 거치기도 귀찮아 대놓고 농담처럼 들이대 보기도 하는 진상들.

상대가 아니라고 하면 장난이었다는 것처럼 얼렁뚱땅 넘겨 버리는 그들.

그들은 대한민국 도처에 셀 수 없이 많은 것이다. 물론 처자식 벌어 먹이려 돈 버느라 고생하는 가장들이 대부분이겠지만, 아니, 그렇게 믿고 싶지만.

아마 그들도 결혼할 땐 지고지순한 사랑을 고백하며 일편단심, 영원히 사랑하겠노라 온갖 감언이설로 와이프들에게 속삭였을 텐데.

"이런 나쁜 @#$%^&놈들~" 하며 욕해주고 싶지만,

너는 누구에게 한 번이라도 뜨거운 사람이었느냐는 어느 시인의 말이 떠올라 꾹 참는다.

백마 탄 왕자님은
과로사 일보 직전?

위험에 처한 공주는 왕자를 불렀습니다.

"왕자님, 살려주세요~"

그러자 어디선가 백마 탄 왕자가 나타납니다.

우리의 용감한 왕자는 괴물로부터 공주를 구하기 위해 싸웁니다.

괴물을 물리친 왕자는 공주에게 다가갑니다.

"공주, 또 위험한 순간이 오면 나를 부르시오.

언제 어디서든 달려가 공주를 구하겠소."

행복한 미소를 띠는 공주. 그러나 공주는 알지 못합니다.

왕자가 괴물과 싸우느라 얼마나 힘들었는지.

왕자는 공주 모르게 다친 부위를 감싸며 깊은 한숨을 내쉽니다.

동화책을 읽을 때마다 공주가 되고 싶었다.

자신을 지켜주는 든든한 왕자가 있는 공주는 얼마나 행복할까?

그런데…… 직장 생활을 6년간 해온 지금의 나로선 왕자가 너무 불쌍하다. 세상물정 모르는 공주를 지키기 위해 고군분투해야만 하는 왕자는 얼마나 피곤할지 생각만 해도 끔찍하다.

왕자의 자리를 뺏기지 않기 위해서는 왕자로서 해야 할 일도 엄청나게 많을 텐데, 공주가 부를 때마다 쏜살같이 달려가 구해야만 하는 왕자의 운명.

잘은 모르지만 분명 왕자는 젊은 나이에 과로사할 가능성이 크다.

사실 보통의 가장들도 왕자와 다르지 않다. 평일에는 직장에서 일에 사람에 치이고, 주말이면 아내와 아이들과 놀아줘야만 하는 우리의 가장들.

이런 생각은 아마 내가 직장 생활을 하지 않았으면 느끼지 못했을 감정이다.

'돈을 번다는 것' 참으로 힘든 일이다.

지원이랑 대학교 1학년 때 처음으로 패스트푸드점에서 아르바이트를 한 적이 있다. 예쁜 제복을 입고 일하는 모습이 부러워서 아무 생각 없이 시작했다가 너무 힘들어서 하루 만에 도망쳐 버렸다.

집으로 돌아가는 지하철을 타고 가면서 지원이가 그랬다. 돈 벌기가 이렇게 힘든 줄 몰랐다고, 엄마 아빠가 용돈 주시면 감사하게 써야 겠다고 말이다.

우리 회사의 2대 진상인 대머리와 뺀질이. 만날 야동이나 보고 성희롱이나 해대는 것 같아도 사실 그들도 고생이 많다.

지금도 옆에서 술 냄새를 풍기며 해롱대는 뺀질이 윤 과장.

이 인간도 알고 보면 참 불쌍하다. 나는 술이 좋아서, 좋아하는 사람들—주로 지원이가 희생양이다—하고 마시지만, 저 인간은 만날 접대하느라고 술을 마신다.

잘난 척하고 재수없는 인간들 비위를 맞춰가며 술을 마셔야만 하는 영업맨의 비애. 어떤 때는 일주일 내내 술을 마시기도 한다.

얘기를 들어보니 광고주에 따라서 노래 레퍼토리까지 미리 연습해가고, 취해서 실수할까 봐 화장실에 가서 일부러 손가락을 입에 넣어 오바이트를 하는 일도 있다고 한다.

나같이 성질 드러운 년은 백억을 준다 해도 못할 일이다. 아니다.

159

백억을 준다면 할 수 있을 것 같기도 하다.

그것뿐인가. 회사에선 대머리 비위도 맞춰야 한다.

재미없는 농담에 "센스쟁이~" 하며 옆에서 웃어주는 것도 쉽지 않을 텐데. 아마 윤 과장의 손은 하도 비벼서 지문이 없어졌을지도 모른다.

그렇다고 대머리는 마냥 편한가. 그것도 아닌 것 같다.

기본적으로 회사를 운영한다는 게 피 말리는 일일 것이다. 얼마 전에 갑자기 회식을 하자고 해서 멀리 떨어진 어느 고깃집에 간 적이 있다. 뭐 하러 그 먼 데까지 가나 했더니 대머리의 고향 후배가 운영하는 가게였다.

회식을 가장해서 우연히 들른 척했지만, 실은 일을 따내려는 대머리의 흑심이 있었던 것이다. 역시 음흉하다며 밉게 보려 했으나……. 곧 어린 고향 후배한테 굽신거리는 사장을 보니 마음이 불편해졌다.

말도 안 되는 고향 사투리까지 섞어가며 비위를 맞추던 사장은 급기야 앞치마를 두르고는 불판 가는 일까지 돕는 게 아닌가.

그런 사장에게 고향 후배란 녀석은 불편하니 다시는 이렇게 무작정 쳐들어와서 이러지 말라고 냉정하게 말하는 것이었다.

옆에 있던 우리 얼굴이 빨개질 정도로 무안한 순간이었다. 그러나 우리의 대머리는 굴하지 않고 끝까지 굽신거렸다. 가게를 나설 때는 바닥에 머리가 닿을 정도로 인사를 해대면서.

2차로 우리끼리 술을 마시는 자리에서 취한 대머리가 속내를 털어 놓았다.

"너희들은 모르지? 내가 한 달에 두 번, 잠 못 자는 거."

"한 달에 두 번이요? 왜요?"

"너희들 월급 줄 때랑 호주에 돈 부칠 때. 직원들 돈 못 주고, 자식 새끼 교육비 못 보낼까 봐 얼마나 가슴 졸이는지 알아? 피가 다 말라."

"……."

갑자기 숙연해진다.

"니들, 아까 내가 새까맣게 어린놈한테 굽신거리는 거 보고 속으로 비웃었지? 맘대로 해. 아버지들은 그래. 자식새끼 위해서는 못할 게 없어. 자존심? 진정한 자존심이 뭔데? 사랑하는 사람들 위해선 뭐든 할 수 있는 게 진짜 자존심이야. 알기나 알아?"

대머리, 아니, 우리 사장님이 간만에 멋있어 보인다. 그리고… 불쌍 하다.

기러기 생활 2년째인 사장님. 말은 안 해도 얼마나 외롭고 힘들까. 내 마음을 담아 술 한 잔을 따라 드린다.

백마 탄 왕자는 누구 보다 외로웠습니다.

자신이 힘든 걸 아무도 몰라주는 것만 같았습니다.

그렇다고 공주에게 힘들다는 말을 하기는 죽기 보다 싫었습니다.

그때 공주가 다가왔습니다.

공주는 따뜻하게 왕자를 안아주었습니다.

"자기, 힘들지?"

공주 역시 자신 때문에 힘들어하는 왕자가 안쓰러웠던 것입니다.

공주의 말 한마디에 백마 탄 왕자는 기운이 불끈 솟았습니다.

"아냐. 하나도 안 힘들어 나한텐 자기가 있잖아."

그날 밤, 왕자와 공주는 2세를 만들었습니다.

갑자기 도련님이 나에게 오더니 할 말이 있다며 잠깐 보자고 한다.

무슨 말을 하려고 그러지? 설마 사귀자고 하려나?

가슴이 주책없이 뛰기 시작한다.

급히 화장실에 가서 화장을 고치고 옷매무새도 깔끔하게 가다듬으며 거울 속에 비친 내 모습을 바라보았다.

무릎까지 오는 치마를 조금 더 올리는 게 나을까, 내리는 게 나을까? 올리면 무다리가 더 드러나겠지만 노출이 없는 것보다는 나을 것 같기도 하고, 내리면 무다리를 조금이라도 더 감출 수 있으니 좋을 것 같기도 하고.

에라, 모르겠다. 그냥 이 상태로 두자.

"헤어진 여자 친구가 다시 만나재요."

이런, 씨발라먹을 여자 같으니라구. 지가 튕겨서 헤어져 놓고 이제 와서 다시 만나자구? 혈압이 오르려 하는 걸 간신히 참으며 겉으로 내색하지 않았다.

그것도 모르고 프로포즈 받는 건 아닌가 하고 가슴 졸였던 나는 뭔가. 이런 제길. 또 혼자 김칫국부터 마셨다.

"글쎄…… 제3자인 내가 뭐라고 할 얘기는 아니지만, 내 생각엔 다시 만나는 게 좋은 방법은 아닌 거 같아. 다시 만나도 또 똑같은 문제가 생길 거 아냐."

최대한 침착하게 말하려 노력해 본다. 근데 생각할수록 웃긴 년일세. 왜 이랬다저랬다 하는 거야?

조언이랍시고 몇 마디 더 건네고는 집으로 돌아와 바로 컴퓨터 앞에 앉았다. 그리곤 도련님에게 얻은 정보로 헤어진 여친의 미니홈피를 찾아 들어갔다. 세상 참 좋아졌어. 이름이랑 출생 년도만 알면 사생활을 다 알 수 있으니 말이야. 가끔 난 문명의 혜택에 놀라곤 한다. 촌

스럽게도.

　도련님 홈피를 타고 들어간 여친의 미니홈피.

　대문 사진은 또 엄청 뽀샵한 걸로 띄워 놓으셨구만. 나쁜 년.

　'한 번 헤어지면 끝이지, 왜 지랄이냐?'

　'이랬다저랬다 하면 똥꼬에 ＊난다.'

　'당신은 이 편지를 받는 즉시 999통의 편지를 써야 합니다……'

　이런 식의 악플을 남길까 몇 번이나 고민하다가 관뒀다. 이 나이에
어린 애들 연애하는 데 껴들어 뭐 하는 짓이란 말인가.

　다른 사람도 그런지 모르겠지만, 난 누군가를 좋아하면 변태가 되
는 것 같다. 사랑에 빠지면 각종 미친 짓은 다 도맡아서 하는 나. 대부
분 짝사랑으로 끝나서 유독 심한 건가? 시대가 변함에 따라서 그 양상
도 조금씩 달라졌다.

1. 삐삐나 핸드폰 같은 통신 수단이 전무 없었던 시절

　중학교 1학년 때였나. 남녀공학을 나온 나는 한 학년 위인 선배 오
빠를 좋아했다.

　선도부면서 체육도 엄청 잘했던 그 오빠는 많은 여학생의 사랑을

한 몸에 받던 사람이었다. 그에 비해 나는 이미 '아줌마'란 소리까지
들었던 이른바, 뚱땡이. 그랬기에 사랑 고백은커녕 그 오빠의 근처에
도 가보지 못했다. 다만 멀리서 애간장을 태웠을 따름이다.

내가 하도 애를 태우자 당시 가장 친했던 미현이가 그 오빠네 집이
나 알아두자고 했다. 집을 알아서 뭘 할 속셈이었는지는 모르지만, 아
무튼 무작정 선배의 집을 알아두기로 했다.

먼저 청소 시간에 슬쩍 교무실에 들어가 훔쳐 낸 출석부에서 선배
의 집주소를 알아내고, 다음은 미친년처럼 그 동네를 사방팔방 뛰어
다니며 집을 알아냈다. 동네 파출소나 수퍼에라도 물어봤으면 쉬웠을
것을. 그때는 그런 잔머리는 굴리지 못하고 그저 발품을 팔아 선배의
집을 알아냈다.

땀에 흠뻑 젖어 몇 시간을 헤매다가 겨우 알아낸 선배의 집.

그 뒤론 시간이 나면 무조건 선배가 사는 집 동네를 어슬렁거렸다.

집 앞 골목을 걸어가면서 '선배는 이 길을 매일 걸어 다니겠지?'

수퍼에서 빵을 사먹으면서 '선배도 이 수퍼에서 물건을 사겠지?'

치킨집을 지날 때면 '선배도 여기 통닭집 닭을 먹겠지?'

등의 생각들을 하면서 말이다. 지금 생각하면 어이가 없다. 그렇지
만 그때는 그것만으로도 조금은 행복했다.

2. 삐삐가 한창 유행이던 시절

♬ 아침엔 우유 한 잔 점심엔 패스트푸드. 허리엔 삐삐 차고……

그랬다. 넥스트의 노래에서 말해주듯 그때는 허리에 찬 삐삐가 최신 유행의 상징이었다.

그래서 카페도 테이블마다 전화기가 놓인 곳이 인기였고, "2456번 호출하신 분이요"란 대사가 드라마마다 넘쳐 났다. 삐삐가 오면 공중전화 앞에서 줄을 서서 차례를 기다려야 하는 수고로움이 있었지만, 그것조차 낭만이었다.

삐삐가 그토록 사랑받았던 94년.

나는 독서실에서 알게 된 한 남자를 좋아했고, 그의 삐삐에 녹음되어 있는 음악을 몇 번이나 반복해서 들었다…….

이렇게만 끝나면 순정만화의 아련한 한 부분 같지만, 난 집요하게 그의 비밀번호를 알아내고 싶다는 욕망에 사로잡혀 있었다.

처음에 1111부터 숫자 조합을 다 눌러보았고, 그가 앉아 있는 번호와 우연히 알게 된 남자의 생일이며, 하다못해 꿈속에서 떠오른 번호까지 다 눌러보았다. 😊 미저리 같다.

그 수많은 실패 끝에 결국은 6328이라는 그의 비밀번호를 알아냈다. 난 참으로 대단한 사람이다. 푸하하하~

3. 핸드폰이 대중화된 이후

핸드폰이 일반화된 후 가장 좋은 건 좋아하는 사람의 목소리를 들을 수 있다는 거다. 미치도록 그리울 땐 무작정 전화를 건다.

"여보세요."

그리운 그의 음성.

"열쇠 수리하는 분이시죠?"

이렇게 잘못 건 척하면 된다. 만약 몇 마디를 더 나누고 싶다면,

"지원이 핸드폰 아닌가요?"

"아닌데요."

"그럴 리가 없는데. 언제부터 이 번호 쓰셨어요?"

이런 식으로 유도하면 한 다섯 번 정도는 대화가 오갈 수 있다. 그렇지만 발신자 표시가 된 후로는 번번이 번호가 뜨지 않도록 미리 신경 써야 하니 좀 번거롭다.

4. 미니 홈피가 생긴 후

주로 짝사랑을 하는 사람에겐 미니홈피가 얼마나 편리한지 모른다. 비록 흔한 이름일 경우에는 수많은 사람들의 홈피에 일일이 방문하여 확인을 해야 하지만, 어쨌든 그에 대해 알기가 쉬워진 건 사실이다.

대문글이나 방명록을 뒤지면 거의 모든 것을 알게 된다. 그가 자주 만나는 사람들이 누군지, 주로 어디에서 노는지, 좋아하는 노래는 뭔지, 요즘 고민은 뭔지 등등.

단, 방명록을 1페이지까지 죄다 확인하려면 눈알이 빠지는 수고쯤은 감수해야 한다는 것.

이렇게 미니홈피를 통해 그의 신상을 알게 되면 정말 친한 사이가 된 것처럼 느껴진다. 한 가지 주의할 점은, 이런 식으로 스토커 짓을 하다 보면 그 사람은 나를 모르는 상황에서 순간적으로 나 혼자 아는 척을 하는 사고가 생길 수도 있다는 것이다.

항상 조심해야 한다.

비단 이런 변태적인 행동은 짝사랑할 때뿐만이 아니다. 세계 만국 공통인 술 마시고 전화하기를 빼놓을 수 없다.

헤어졌는데도 혼자 미련이 남아서 술에 취해 전화를 거는 습관.

다시 잘되기를 바라는 마음이겠지만, 이럴수록 상대방은 정이 뚝 떨어지게 마련이다.

그런데 신기한 건 남들이 그러는 걸 보면 "저런 진상……" 하고 혀를 차면서도 막상 내가 이런 상황에 놓이면 꼭 그런 짓을 반복한다는 거다. 술 마실 땐 핸드폰을 다른 사람에게 맡기거나 아예 집에 두고 와야 한다.

이미 번호가 머릿속에 박혀 핸드폰 없이도 전화를 한다면 어쩔 수 없다. 진상이 되는 수밖에.

뒷담화 역시 누군가를 아직 좋아하고 있다는 증거다.

이리 꼬시고, 저리 꼬시다가 내 것이 안 되면 괜히 씹게 된다. 성격이 별로라느니, 내가 아깝다느니, 잘 안 되기 천만다행이라느니…….

그렇지만 다른 사람은 다 몰라도 그 자신은 너무나 잘 안다. 속으론 그 사람을 진심으로 원하고 있다는 것을.

도련님의 여친 홈피에 악플을 달지 않길 정말 잘했다. 다시는 그런 진상이 되지 않을 거다. 그리고 휘영청 밝은 달을 보며 빌어본다.

'🙂 도련님, 다시 돌아가면 안 돼! 절대로~'

이놈의 술이 웬수지

늦었다.

어제 도련님 여친 홈피를 밤새 찾아서 훔쳐보다 늦잠을 자고 말았다. 지금쯤 벌써 버스에 타고 있어야 할 시각인데. 아무래도 택시를 타야 할 것 같다.

"뭐야?! 진작 좀 깨우지!"

괜히 내 방으로 들어오는 엄마에게 짜증을 내본다.

"몇 번이나 깨웠잖아. 더 자도 된다고 승질을 낸 년이 누군데! 이거나 브라자에다가 넣어, 이년아."

"이게 뭐야? 부적이잖아?"

"엄마가 자주 가는 불광동 김보살집 있잖아. 그이가 그러는데, 니가 남자운이 있대. 그것도 가까운 데 인연이 있대. 이거 갖고 다니면 남자가 붙는댄다."

"그런 소리는 나도 한다. 그럼 인연이 가까운 데 있지, 아프리카에 있겠냐?"

그러면서도 브래지어 속에 부적을 고이 집어넣는 나.

"이년아! 김보살이 얼마나 용한지 니가 몰라서 그래. 니 아빠 바람 피는 것도 족집게같이 맞춘 위인이야! 조만간 좋은 소식 온대."

"정말?"

"그래. 주변에 누구 없어?"

주변 사람이라면… 설마 도련님? …아냐. 그건 나의 희망사항일 뿐인데.

"그런 사람 없어."

"어쨌든 그렇다니까 가까운 사람들한테 싹싹하게 굴어. 누구랑 어떻게 될지 누가 아냐? 니 아부지 베개에도 부적 꿰매 넣어야지."

남자운이 있다라……. 그것도 가까운 데 인연이 있다…….

몇 번씩이나 곱씹어 본다.

점이란 게 참 그렇다. 여름에 물 조심하고, 겨울에 불조심하라는 뻔한 얘기가 대부분인데도 희망을 주는 얘기를 하면 왠지 믿고만 싶어진다.

"선배님!"

저쪽에서 도련님이 나를 향해 뛰어온다.

"무슨 생각을 하길래 불러도 몰라요? 아까부터 불렀는데."

"아냐, 아무것도……."

바로 니 생각. 이렇게 말할 수는 없는 일이다.

녀석과 회사를 향해 나란히 같이 걸어가고 있다.

도련님에게서는 뭔가 풋풋한 냄새가 난다. 설익은 풋사과의 향기 같다. 어디선가 맡았던 그리운 냄새 같기도 하고, 설레임의 냄새 같기도 하고, 수줍은 향인 것도 같고.

아~ 정신을 차릴 수가 없다.

거기다,

"선배, 에드워드 호퍼 좋아하죠? 이거 받으세요."

그러면서 내가 좋아하는 에드워드 호퍼의 그림을 건네준다. 포스터랑 그림 모으는 게 취미인 친구가 있어서 뺏어 왔단다.

술 마시다가 지나가는 말로 했던 것 같은데… 그걸 기억하고 있었던 것이다. 이러니 어찌 이 아이를 사랑하지 않을 수 있겠는가.

그림을 받은 기념으로 퇴근 후에 술을 사기로 했다.

둘이서만 마시자고 하면 너무 속보이는 것 같아 지원이까지 껴서 호프집으로 향했다. 다시 만나자고 매달리던 여자 친구와 어떻게 됐는지 너무나 물어보고 싶다. 어떻게 말을 꺼내야 자연스러울까?

"원준 씨, 여자 친구랑은 이제 안 만나?"

지원이가 족발을 오물거리며 묻는다. 사랑한다, 지원아~ 넌 나의 베스트 프렌드야. 😊

"다 끝났는데 뭐 하러 만나요."

그렇지, 역시 도련님이야. 만나면 안 되지, 암~

기분이 좋다. 맥주와 안주로 **빵빵**해진 몸이지만 하늘을 날 수 있을 듯도 하다.

"근데, 여자 친구가 있다가 없으니까 너무 외로워요."

쓸쓸한 표정으로 술을 마시는 도련님.

"이럴 때 작업 들어가면 바로 성공인데. 영애야, 내가 한번 원준 씨 꼬셔볼까?"

도련님 눈치 보며 내 귀에 속삭이는 지원이. 이런 나쁜 년! 지금 누굴 넘봐? 방금 전까지 고마워하던 마음은 어느새 사라지고, 지원이를 바라보는 내 눈은 이글이글 불타고 있다.

꼭 레이저라도 나올 듯하다.

앞단추까지 풀어 헤치고 도련님에게 수작을 부리더니, 결국은 지 혼자 취해서 뻗어버린 지원이. 으유, 이런 년을 친구라고.

안 취했다며 2차를 가자고 오버하는 지원이를 억지로 택시에 태워 보냈다. 옆에서 지원이의 수작을 지켜보다 열 받아서 술을 연신 마셨 더니 뒤늦게 취기가 슬슬 올라오는 것 같다.

지원이를 보내고 나니 도련님과 단둘이 남았다. 아무 말도 없이 멀 뚱히 서서 앞만을 바라보았다. 기분도 알딸딸한 것이, 도저히 못 쳐다보겠다.

"선배님, 안 가세요? 택시 잡아드릴게요."

"난 저기 좀 앉아 있다가 갈게. 지금 택시 타면 속이 안 좋을 거 같 거든."

그러면서 난 맞은편에 보이는 공원으로 걸어갔다. 그러자 도련님이 날 따라오는 게 아닌가.

"그럼 같이 있어 드릴게요. 음료수 좀 드실래요?"

"그럴까? 난 콜라."

도련님이 음료수를 사러 간 사이에 공원의 벤치에 앉았다. 어느새 음료수를 사들고 오는 도련님의 모습이 영화 속의 한 장면인 양 슬로우 화면으로 느리게 보인다.

그 영화의 주인공은 도련님과 나, 장르는 멜로……

"선배, 여기요."

상상 속에서 날 건져낸 도련님의 목소리에 깜짝 놀라 올려다보니, 어느새 도련님이 쥬스를 사가지고 와서 내 앞에 내밀고 있다.

"난 콜라 마신다고 했는데."

"탄산이 든 건 몸에 안 좋아요. 쥬스 드세요."

어쩜 저렇게 말도 예쁘게 할까. 흐릿한 눈속 가득히 도련님을 바라보았다. 취한 눈으로 보니 더더욱 사랑스럽다.

얼마 동안의 시간이 흐른 걸까.

지금도 난 도련님과 공원 벤치에 나란히 앉아 있다.

하늘을 올려다보니 환한 보름달이 떠 있다.

어느 영화에선가 그랬다. 자신이 평소에 하지 않던 행동을 하는 날이면, 그날은 어김없이 보름달이 뜬 날이라고.

오늘, 보름달이 떴다.

"도련님… 내가 너 좋아하는 거 아니?"

"네?"

"내가 너 좋아한다구……. 넌 나 어떻게 생각해?"

술기운을 빌어 나도 모르게 속마음을 털어놓고는, 도련님의 얼굴을 조심스레 살핀다. 그러나 도련님은 나를 보지 않는다.

"…전 한 번도… 그런 생각 해본 적이 없어서."

뭐? 한 번도 생각해 본 적이 없다구? 그럼 나한테 잘해준 건 뭐야?

"죄송해요, 선배님이 좋은 분인 건 알아요……. 근데 저는……."

내가 가장 싫어하는 말이다. 좋은 분인 거 안다고, 그리고 더 좋은 사람 만날 거라는 말.

"너, 너무 신경 쓰지 마. 나도 뭐 심각하게 좋아하는 건 아냐. 그냥… 그래, 그냥……. 아, 술이 다 깼나 부다. 먼저 갈게."

태어나서 이렇게 빨리 뛰어본 적은 처음이다. 학교 다닐 때 체력장을 이렇게 했다면 만점을 받았을 것이다.

미친년! 왜 고백은 하고 난리야! 미친년!

뭐? 가까이에 인연이 있어? 김보살인지 뭔지 하는 그년, 만나기만 하면 아주 아작을 내줄 테다.

브래지어 안에 고이 둔 부적을 꺼내서 발기발기 찢어도 속이 풀리질 않는다.

회사 사무실 문 앞.

문손잡이를 잡은 채 한참을 고민 중이다. 아침에 눈을 뜨고부터 계속 그 고민이었다. 출근해서 도련님을 어떻게 봐야 할지…….

그래, 아무 일 없었던 것처럼 대하자. 마음을 다잡고 사무실 문을 벌컥 열고 안으로 들어갔다.

"좋은 아침~"

평소보다 오버해서 인사를 했다. 그런 내 시선을 피하는 도련님. 아~ 어떡해야 하나.

대머리가 미친 거 아니냐고 할 만큼 즐거운 척했다.

뺀질이가 뭔가 잘못 먹은 게 틀림없다고 할 만큼 오버했다.

그러나 도련님은 여전히 나를 피한다.

숨이 막힐 것만 같다. 나보고 어쩌라는 거야? 나도 미치도록 어색하다구!!

나쁜 자식. 나를 특별하게 생각한 것도 아니면서 왜 그렇게 잘해줬니? 왜 그렇게 예쁘게 웃어줬냥 말야.

나쁜 놈… 나쁜 놈…….

미워하려 해보지만 그조차도 쉽지 않다. 내가 고백만 안 했어도 이런 일은 없었을 텐데.

정말 그놈의 술이 웬수다.

아아… 어떡하지? 딱 죽고만 싶다.

앞으로 나에게 뭔가 좋은 일이 생길까? 지금보다 나아질 거라는 희망이 있어야 살맛이 나는 건데, 현재로선 전혀 그렇지가 않다.

만날 출근하고 퇴근하고 식구들끼리 지지고 볶고, 그렇다고 일에서 성공하거나 돈을 많이 벌 가능성도 없고, 왕킹카인 남자가 날 좋아한다고 할 리는 절대 없을 것 같고.

앞으로 죽을 때까지 계속 이렇게 살 생각을 하니 숨이 막혀온다.

그냥 이쯤에서 모든 걸 끝내 버리고 싶다…… 고 생각하지만, 나에겐 그럴 용기도 없다. 솔직히 죽고 나면 어떻게 될지 두렵기도 하다.

2005년 2월이었나. 배우 이은주가 꽃다운 나이로 세상과 작별했을 때 마음이 너무 아팠다. 저렇게 예쁘고 젊은 여자가 스스로 목숨을 끊을 만큼 힘든 일이 도대체 뭐였을까?

날씨까지 궂어서 눈보라가 휘날렸던 것으로 기억한다. 그렇게 좋아했던 배우도 아닌데 그냥 우울했다. 그리고 회사가 끝나고 술을 마셨다. 죽은 사람은 그렇다 치고 남겨진 사람들은 얼마나 슬플까를 생각하면서.

내가 죽으면 가슴에 묻으실 부모님, 슬퍼할 동생들과 친구들……. 그런 생각을 하면 죽는 것도 쉬운 일이 아니다. 😐

자살의 유혹은 항상 달콤하지만, 막상 죽기란 참 어려운 일이다. 죽을 각오로 뭔가를 한다면 못할 일이 무엇이겠는가. 그래, 살아야 한다. 끝까지 살아서 이 꼴 저 꼴 다 봐야 한다.

그렇지만 또 도련님과 한 사무실에서 얼굴 마주칠 생각을 하니 미치겠다. 그때 마침 알고 지내던 선배로부터 연락이 왔다. 다니던 직장에서 나와 회사를 차렸는데 나보고 오란다. 능력 있는 선배였기에 어느 정도는 믿을 만하다.

어떻게 해야 할까?

이런 일로 회사를 그만두는 건 사실 말이 안 된다. 혼자 짝사랑하다 고백하고, 얼굴 마주치기 쪽팔린다고 회사를 그만둔다니?

지나가는 개가 웃을 일이다.

"사장님, 저 그만두겠습니다."

그러나… 결국 난 대머리에게 이렇게 말하고 말았다.

길 잃은 (살찐) 양의 기도

07

하느님.

안녕하세요. 저는 이영애라고 합니다.

"저, 여기 있어요~" 대장금 이영애가 아니라

평범한, 아니, 조금 막돼먹은 서른 살 노처녀 이영애예요.

교회라곤 어렸을 때 잠깐 다닌 게 전부인데

마음이 쓸쓸하고 힘드니까 하느님을 찾게 되네요.

사실 고백하자면, 어릴 때 교회에 나간 것도

쭈쭈바를 준다고 해서 여름성경학교에 갔던 게 잠깐이에요.

아, 계란을 준다고 해서 부활절에도 갔네요.

식탐에만 눈이 멀었던 거, 정말 사과드립니다.

그렇지만 모두를 공평하게 다 사랑하시는 거 맞죠?

그럼 제 고민을 들어주세요.

아까도 말씀드렸지만, 저는 서른 살 먹은 노처녀입니다.

요즘 세상에 무슨 서른 살이 노처녀냐구요?

물론 그렇죠.

워낙 결혼이 늦어지는 추세라 서른 살이면 그리 늦은 건 아니라고 다들 그러더라구요.

하지만 그건 예쁘고 날씬한 여자들 얘기예요.

저처럼 뚱뚱하고 못난 여자에겐 서른 살이 참 많은 나이입니다.

나이 어리다는 거라도 있어야 경쟁력이 생기는데, 벌써 서른 살이라니.

저야말로 진정한 노처녀인 것입니다.

그런 제가 주제도 모르고 어리고 잘생긴 놈을 좋아했습니다.

그 녀석의 친절을 호감이라 혼자 오해하고는,

저를 좋아하는 거라고 말도 안 되는 착각을 한 거예요.

이렇게 생겼어도 제 마음 한구석에는 송혜교가 있었나 봐요.

지금 생각하면 어떻게 그런 착각을 할 수 있었는지.

그래서 어떻게 됐냐구요?

당연히 차였지요. 🙂

그 녀석은 저에 대해 깊이 생각해 본 적도 없더라구요.

그 일 때문에 저는 회사까지 그만뒀습니다.

한 사무실에서 더 이상 그 녀석과 마주친다는 게 너무 불편했거든요.

대머리 사장은 제가 그만두겠다고 하자 난리를 치더군요.

불같이 화를 내기도 하고, 월급을 올려주겠다고 꼬시기도 하구요.

그래도 제가 말을 안 듣자 집 근처까지 찾아와 사정사정을 하기도 했습니다.

도대체 왜 그만두는지 이유라도 알려달라고요.

아무리 그래도 사실대로 말할 수는 없어요.

얼마나 놀림거리가 되려구요.

그래서 저는 6년 동안 다닌 회사를 그만두게 되었습니다.

항상 떠나고 싶었던 바로 그 지긋지긋한 회사를요.

근데 이상한 거는요. 막상 그만둔다고 하니까 저도 마음이 편하질 않아요.

항상 떠나는 순간만을 기다렸는데, 왜 이러죠?

정든 책상이며 컴퓨터 등 모든 게 다 애틋하게 보입니다.

심지어 대머리와 빼질이, 저를 괴롭혔던 인간들까지 고맙게 느껴지구요.

짐을 싸가지고 나올 때는 눈물이 나오려고 하는 걸 간신히 참았습니다.

이런 게 소위 말하는 정(情)인가요?

사람의 마음이란 게 참 간사한가 봐요.

하느님.

얘기가 길어졌지만, 실은 정말로 묻고 싶은 게 있어서 온 겁니다.

꼭 솔직하게 대답해 주세요.

짚신도 짝이 있다고 하는데, 그게 정말 맞는 말인가요?

정말 저에게도 짝이 있긴 한 건가요? 😊

남들은 연애도 결혼도 참 쉽게 하던데 왜 저는 이렇게 어려운 건가요?

아예 누가 저 사람이 니 짝이다, 그러니 마음 붙이고 살아라,

이렇게 말씀해 주셨으면 좋겠어요.

그럼 그냥 부족하면 부족한 대로 정붙이고 살아볼게요.

정말이에요.

혹시 '연애시대'란 드라마, 보셨어요?

제가 좋아했던 드라마인데요.

거기 타이틀을 보면 사랑하는 두 사람이 붉은 실로 연결돼 있거

든요.

저도 빨리 제 손목과 연결된 실의 끝을 따라가 보고 싶어요.

도대체 그 실 끝엔 어떤 놈씨가 묶여 있는지를 알고 싶다구요.

하루빨리 제 짝을 알려주세요. 아셨죠?

이 길 잃은 어린 양, 아니, 살찐 양의 기도를 들어주시리라 믿습

니다.

하느님.

그리구요. 단식원에 가볼까 하는데 어떻게 생각하세요?

생각해 보면 제 인생은 이놈의 살들 때문에 잘된 일이 없어요.

학교 다닐 때는 이름보다는 '돼지', '뚱땡이', '이영자' 이런 식의 별명으로 불렸구요.

지금은 '덩어리' 라고 불립니다.

너무 불쌍하죠?

여자들 누구나 한 번쯤은 길에서 남자가 쫓아오고 그런다면서요.

얼굴이 별로면 몸매라도 괜찮으니까 뒷모습을 보고 쫓아오기도 하고.

몸매가 별로면 얼굴이라도 괜찮으니까 앉아 있을 때 남자들이 덤벼든다네요.

근데 전 뭔가요?

얼굴도 몸매도 왜 이 모양입니까!!

너무 불공평하신 거 아니에요?

둘 중에 하나는 주셨어야죠!

그래서 단식원에 들어가려 합니다.

얼굴도 고칠 곳이 많지만 수술은 너무 무서워요.

일단 살이라도 좀 빼볼려구요.

듣기 좋으라고 하는 말인지 모르지만, 살 빼면 예쁠 거란 얘기는 몇 번 들었어요.

제가 날씬하고 예뻤다면 도련님도 제 고백을 받고 좋아했을지도 모르잖아요.

이번엔 꼭 살을 빼려 합니다.

꼭 살을 빼서 날씬하고 섹시한 양이 되겠습니다.

제가 몸짱이 되는 그날까지 지금 이 다짐을 잊지 않도록 도와주세요.

그렇게 해주신다면, 다음에 술 한잔 살게요.

안주 맛있는 데 알거든요.

아… 벌써 이러면 안 되는데.

다음에 찾아뵐 때까지 안녕히 계시구요.

저에게 힘을 주세요.

아멘.

세 번째 이야기

그녀, 그녀를 만나다

다이어트 하드 3.0

가끔은 드라마 같은 일이 벌어지기도 한다

이놈의 살들 때문에 스킨십도 못한다!

내 인생 최고의 휴가

해피엔딩을 원하십니까?

다이어트 하드 3.0

01

2007년 7월 11일 오후 5시.

"단식원이죠? 제가 가려고 하는데요. 어떻게 하면 되나요?"

"언제 오실 건데요?"

"내일 아침에 당장 가려구요."

"그럼 아침 밥 드시지 말구요. 설사약 한 알 먹은 후 속을 다 비워서 오세요."

"뭐 준비물은 없나요?"

"음식물은 아무것도 반입 안 되니까 절대 가져오지 마시구요. 갈아 입을 옷은 주니까 세면도구랑 속옷만 가져오세요."

드디어 단식원에 전화를 걸었다.

무려 30년 동안이나 나와 함께했던 살들.

이제 그들과 이별해야 할 때가 되었다.

나는 기필코 살을 뺄 것이다.

2007년 7월 12일 오전 10시.

아침 9시에 이곳에 와서 몸무게를 재고 방을 배정받았다.

체중계에 올라가니 "비만입니다!" 하는 우렁찬 기계음이 들렸다.

쳇! 내가 비만이라는 거 모르는 사람도 있나?

실장이라는 사람도 나에게 체지방이 너무 과하다고 했다.

제길. 최대한 적게 나오려고 쪽팔린 것도 무릅쓰고 속옷만 입고 쟀는데.

"비만이고, 체지방이 과하니까 살을 빼러 여기까지 온 거죠!"

라고 항변하려다 참았다.

지금 내가 있는 곳은 네 명이 함께 쓰는 방이다.

나를 제외한 세 명은 몹시 지친 모습으로 벽에 기대거나 누워 있다.

이곳에 들어온 지 3일 정도 된 저들은 마치 백일은 굶은 사람처럼 무기력하다.

심지어 네 발로 기어 다니는 사람도 있다.

오버쟁이들. 겨우 며칠 굶은 거 가지고 저렇게 죽는 시늉을 하나?

그러고 있지 말고 같이 운동이라도 하자고 했다가 맞을 뻔했다.

저럴 거 뭐 하러 여기까지 왔나 싶다.

난 지금 운동하러 간다.

런닝머신, 요가, 줄넘기… 뭐든 열심히 할 것이다.

200?년 7월 12일 오후 8시.

뱃속에서 난리가 났다.

그렇게 많이 먹어대다가 갑자기 아무것도 들어오지 않으니 어서 먹을 거 내놓으라고 시위를 하는 거다. 삼십 년 동안 그렇게 처먹어놓고 겨우 하루 굶었다고 지랄이냐? 참어!

꼬르륵~ 꼬르륵~

196

시끄럽게 소리를 지르는 내 배에 잽을 날려준다.

이번엔 정말 날씬해져야지. '미녀는 괴로워'의 김아중처럼 환골탈태한 모습으로 나가서 세상 사람들을 깜짝 놀래 줄 것이다.

그나저나 여기서 나가면 뭘 먹을까?

먹고 싶은 걸 종이에 적기 시작한다.

밥, 물에 말아서 짭짤하게 볶은 오뎅이랑 먹기.

요구르트랑 초코파이랑 먹기.

오징어무침을 부추 전에 싸먹기.

콘푸라이트 우유에 말아 먹고, 엄청 달게 된 우유에

콘푸라이트 한 주먹 더 넣어 먹기.

낙지를 매콤하게 볶아서 소면 삶아 넣고 비벼서 생맥 주랑 먹기……

쓰다 보니 벌써 두 장이 넘어간다.

입 안에는 침이 고이고, 과식으로 단련된 내 위와 장이 마지막 발악을 하듯 또 소리를 지른다.

참아야 한다.

나에게 눈길조차 주지 않았던 수많은 남자들을 떠올리며,

참아야 한다.

목욕탕에 갈 때마다 경멸하듯 날 쳐다보던 말라깽이들을 떠올리며,

참아야 한다.

나 자신과의 약속을 지키기 위하여.

2007년 7월 13일 오전 8시 30분.

밤새 잠을 설쳤다.

종이에 적었던 음식들이 머릿속에서 사라지질 않는다.

겨우 만 하루 굶은 건데 너무 기운이 없다.

다른 일을 해서라도 먹는 거에 대한 집착을 버려야 한다.

노트북으로 고스톱을 치기 시작한다.

일어날 힘이 없어서 누운 채로.

고도리… 아, 치킨 먹고 싶다.

198

빨간 멧돼지… 돼지고기도 먹고 싶다.

비광… 우산을 썼네? 비 오는 날은 파전에 동동주가 최곤데.

똥… 먹은 게 있어야 똥을 싸지!

도저히 안 되겠다. 뭐라도 좀 먹어야겠다. 입소할 때 보니까 주방에 냉장고가 있던데.

기운이 없다던 내가 거의 빛의 속도로 냉장고로 향한다.

하지만 허탈하게도 냉장고는 자물쇠로 굳건히 잠겨 있었다.

어떤 년이 몰래 동치미를 훔쳐 먹다가 걸린 후론 자물쇠로 잠가놓았다고 한다.

아마 나하고 비슷한 년이었나 보다.

마당에서는 개가 한가로이 밥을 먹고 있다.

저렇게 부러울 수가… 니 팔자야말로 상팔자다.

뭐라도 먹을 수 있을지 모른다는 생각에 기운이 났는데, 다시 맥이 풀린다.

기신기신 떨어지지 않는 발을 옮겨 방으로 향한다.

2007년 7월 13일 낮 12시 20분.

눈이 빛난다.

그리고 저절로 신음이 터져 나온다.

"오우~"

"아으~"

우리는 다 같이 홈쇼핑 채널을 보고 있다.

아무리 재미있는 드라마를 보더라도 이런 탄성은 나오지 않을 것이다.

모두가 똑같은 마음으로 입가엔 침이 고인 채 화면에 집중하고 있다.

지금은 태국산 새우를 싸게 판매하고 있는 중.

새우로 튀김을 하기도 하고, 칠리소스를 묻혀 매콤하게 볶기도 하고, 그냥 삶아서 까먹기도 한다.

지금 이 순간, 내가 홈쇼핑 광고 모델이라면 얼마나 좋을까?

"저건 더 바삭하게 튀겨야 되는데."

"새우는 껍질째 먹어도 맛있다구!"

나도 모르게 소리를 지른다.

먹는 즐거움을 포기하는 건 정말 힘든 일이라는 걸 새삼 절감한다.

살을 빼고 싶다는 희망과 맛있는 걸 먹고 싶은 욕구.

그 둘 사이에서 방황하는 불쌍한 여인들이여!

그때 어디선가 맛있는 냄새가 흘러들어 온다. 이건 분명히 자장면과 군만두 냄새다. 창문으로 내다보니 철가방이 배달을 왔다. 실장이 점심 먹으려고 시켰나 보다.

후다닥, 실장이 있는 곳으로 달려가 보니 실장이 자장이랑 군만두를 먹고 있다. 역시 내 후각은 한 번도 빗나간 적이 없다.

창문으로 먹는 모습을 쳐다보고 있다. 실장의 입이 움직이는 것과 동시에 내 입도 똑같이 움직인다. 자장면을 입에 넣어 씹고 삼키는, 그 모든 행동들. 아, 나도 얼마 전까진 저렇게 자장면을 먹었는데.

어느새 실장이 문 앞에 빈 그릇을 내놓고 들어간다. 다가가서 살펴보니 자장은 양념 하나 남기지 않고 다 먹었다.

야속한 사람. 면 한 가닥, 돼지고기 한 덩이, 아니면 양파 한 조각이라도 남겨주지.

대신 군만두 피가 몇 개 남아 있다. 속이 있는 부분은 베어 먹고 만두피만을 남겨둔 것이다. 이거라도 어디냐 싶어 얼른 입에 넣는다.

그래, 이 느낌이야! 딱딱하면서도 고소한 밀가루 반죽의 맛!

천천히 음미하며 씹으려고 하는데, 어느새 달려온 실장이 기겁을 하며 소리친다.

"이영애 씨! 안 돼요! 어서 입을 벌려요."

결국 실장은 내 입에 억지로 벌리고 손을 집어넣어 만두피를 꺼내고야 말았다.

정말 독한 인간이다.

200 7년 7월 13일 저녁 7시 45분.

비린내 때문에 도저히 물을 마실 수가 없다.

당신들은 아는가? 물에서 비린내가 난다는 사실을.

어제까지는 나도 몰랐었다.

물만 마시며 이틀을 버티다 보니 새로운 사실을 알게 된 것이다.

후각이 극도로 예민해졌나 보다.

물마시기를 포기하고 네 발로 기어서 방으로 돌아갔다.

내가 입소하던 날 네 발로 기어 다니는 사람들을 보고 오버쟁이들이라고 비웃었던 거, 정말 사과하고 싶다. 정말 걸어 다닐 기운이 없다.

사람들 얘기를 들어보니 보통 3일 정도 지나야 이 꼴이 된다는데, 나는 고작 이틀째인데 이 모양 이 꼴이다.

어? 어디서 포도 냄새가 나는데?

이번에도 내 후각은 정확했다. 같은 방을 쓰는 한 여자가 포도를 먹고 있다.

"이거 어디서 났어요?"

"5일째 되는 사람부턴 줘요."

여자는 두 손으로 포도를 움켜쥔 채 빨아 먹고 갉아 먹는다.

"무슨 맛이에요? 달아요?"

"……."

여자는 들은 척도 안 하고 먹기만 한다.

"저기요. 그거 세 알, 만 원에 팔래요?"

"미쳤어요?"

"그럼 두 알에 만 원이요."

여자는 여전히 들은 척도 안 한다.

"정말 못됐네! 그거 좀 나눠 먹자는데 뭘 그렇게 비싸게 굴어? 나, 한번에 포도 열 송이도 먹던 사람이야! 처음 온 날부터 당신, 마음에 안 들었어!"

　이 여자, 보통이 아니다. 아무리 어르고 협박을 해도 좀처럼 포도를 팔 생각을 않는다.

　그때 지나가던 실장이 무슨 일이냐며 들어오자 여자는 내가 포도를 뺏어먹으려 했다고 고자질한다. 실장은 이틀밖에 안 됐는데 왜 이리 유별나냐며 무안을 주고 나간다.

　제길, 치사하게 먹는 거 갖구.

2007년 7월 13일 밤 10시 23분.

생각할수록 열 받아 못살겠다.

내 돈 내고 왜 이런 괄시를 받아야 되는가?

겨우 포도 몇 알 때문에 자존심까지 무너져 가며.

거기다 몸무게를 재보니 겨우 1킬로그램이 빠졌다.

허무하다. 1킬로그램 빼자고 이틀이나 굶었단 말인가!

1킬로그램 갖고는 아무도 살이 빠졌다는 걸 눈치 못 챌 게 분명하다.

대세에 지장 없는 겨우 1킬로그램 때문에 내가 이런 수모를 당하다니!

204

자리에서 일어나 가방을 뒤져 펜을 꺼내 들고는 자고 있는 한 여자의 얼굴에 낙서를 했다.

포도 세 알로 내 자존심을 갈기갈기 찢어버린 그 여자 말이다.

콩 한 쪽도 나눠 먹지는 못할망정… 나쁜 여자 같으니라구!

그리고는 미련 없이 짐을 쌌다.

나는 이곳을 탈출할 것이다.

조금만 더 여기에 머물렀다가는 죽을 것만 같다.

살금살금 문으로 향했다. 다행히 아무도 모르는 듯 사방은 고요하기만 하다.

그때, 갑자기 개가 짖는다. 이런 망할 놈의 개! 배부르게 밥 먹었으면 잠이나 잘 것이지.

젖 먹던 힘을 다해 뛰기 시작했다. 뒤에서 다급하게 부르는 실장의 목소리가 들린다.

"이영애 씨, 조금만 참아요! 돌아와요! 살 빼야죠!"

웃기지 마라. 난 절대 안 돌아간다. 그냥 이대로 살 것이다.

가끔은 드라마 같은 일이 벌어지기도 한다

걸어도 걸어도 불빛이 보이지 않는다.

이곳은 인적이 드문 산길.

번화가에 있는 단식원으로 가면 유혹이 많을까 봐 일부러 산속 깊은 곳에 있는 곳으로 골랐던 게 화근이다. 도대체 얼마만큼을 걸어야 사람과 식당을 만날 수 있을까?

어서 빨리 편의점이든 식당이든 찾아서 뭐라도 먹어야 한다.

그때 저 앞에서 이쪽을 향해 다가오는 두 개의 불빛이 보였다. 저건 분명 헤드라이트 불빛이다.

즉, 차! 저 차를 세워서 도움을 요청해야지란 생각으로 달려가는

데…… 서서히 멈춰지는 발걸음.

가까이 다가갈수록 또렷해지는 차의 모습.

그리고 어디선가 많이 본 듯한 익숙함…….

도련님 차와 비슷하다. 아니, 비슷한 정도가 아니라 번호판까지 똑같다. 운전하고 있는 사람도 분명 도련님이다!

아니야. 도련님이 여기에 올 리가 없는데. 너무 배고파서 헛것이 다 보이나? 아니다. 분명히 도련님이다.

멍하니 서 있는 나를 향해 도련님이 차에서 내려 다가온다.

헛것이 아닌 진짜 도련님이 지금 내 앞에서 나를 쳐다보고 있다.

그것도 아주 놀란 얼굴로.

"선배, 괜찮아요? 얼굴에 땀이……."

"어? 어……."

간신히 정신을 차리고 내가 꺼낸 말은,

"우선 가까운 식당이나 휴게소, 암튼 뭐 먹을 수 있는 곳으로 날 좀 데려다줘."

급히 차에 올라탔다. 가는 동안 도련님은 지원이에게서 내가 단식원에 갔다는 얘기를 듣고 찾아왔다는 등의 말을 했지만, 지금 내 귀에는 아무 소리도 들리지 않을 뿐이다.

김밥, 라면, 떡볶이, 만두, 쫄면, 돈까스, 오징어 덮밥… 빈틈 하나 없이 가득 찬 테이블.

너무 만족스럽다. 그래, 이 맛이었어.

이렇게 맛있는 것들과 왜 이별을 하려 했었나! 🙂

세상에는 많은 즐거움이 있지만, 좋아하는 음식을 먹는 기쁨만한 게 있을까 싶다. 테이블 위에 있는 접시들이 거의 비워져 가는데, 도련님이 편의점 봉투를 들고 들어왔다.

"과자들 종류별로 사왔어?"

"네."

"빼빼로도 사왔지? 아몬드 묻은 걸루."

"네. 사왔어요."

"빨리 먹고 그것도 먹어야지."

게걸스럽게 먹는 나를 보고 도련님은 약간 놀란 눈치다. 그러나 지금은 그런 걸 따지고 있을 때가 아니다. 어서 이 사랑스러운 것들을 마저 먹어줘야 한다. 🙂

도련님이 집에 데려다주는 와중에도 내 입은 쉴 새 없이 움직인다.

"난 안 되나 봐. 그냥 생긴 대로 살아야지."

민망해서 괜히 한마디 건넸다.

"선배님, 저 때문에 회사 그만두신 거예요?"

"아냐. 원래 떠나고 싶었어."

"선배님, 회사 다시 오시면 안 될까요? 선배님이 안 계시니까 회사가 너무 썰렁해요. 전처럼 좋은 선후배 사이로 지내면 되잖아요."

"도련님, 난 그렇게는 못해. 이미 내가 널 남자로 봤는데 어떻게 예전처럼 지내냐?"

"……."

"내 후임자는 좀 성격 좋은 사람이었으면 좋겠다. 그래야 니가 덜 힘들지. 어? 벌써 다 왔네? 난 그만 내릴게."

"선배님!"

차에서 내리는 나를 다급하게 부르는 도련님.

"왜?"

"우리… 그럼… 사귈까요?"

내가 잘못 들은 것임에 틀림없다.

"뭐라구?"

"우리, 사귀어 볼래요?"

맙소사! 이건 꿈이 아니다. 도련님이 나에게 사귀자고 한다. 정말
나에게도 드라마틱한 일이 생기는 것인가!

"놀라셨죠? 당장 대답하지 않으셔도 돼요. 생각할 시간을……."

생각하긴 뭘 생각해.

"그래. 사귀자, 사겨! 그 대신 나중에 딴말하면 죽는다."

누군가 좋아하는 사람이 있다는 건 이렇게도 든든하고 기분 좋은
일일까?

굳이 사랑에 빠진 심정을 표현하기 위해 윤종신의 '환생' 같은 노래
를 BG로 틀지 않아도, 정말 어제와는 다른 오늘이다.

다시 태어난 것 같고, 내 모든 게 달라졌다.

짜증날 만한 일에도 너그러워진다. 심지어 지나가던 꼬맹이가 날
아줌마라고 불러도, 엄마가 듣기 싫은 잔소리를 해도, 점점 더워지는
날씨에 땀이 사발로 흘러내려도 마냥 행복하다.

한 송이 국화꽃을 피우기 위해 봄부터 소쩍새가 그렇게 울었던 것
처럼, 나는 도련님을 만나기 위해 그 길고 긴 시간을 외롭게 보냈던 것
이다.

오랜 시간 외롭게 지낸 나에게 상을 내려주신 하나님.

그것도 남들이 모두 부러워할 만큼 대박 선물이다. 정말 감사하다. 이번 주부터 교회를 나가야 되는지 고민스럽다.

참, 이러고 있을 때가 아니다. 도련님과 저녁을 같이 먹기로 했으니 슬슬 준비를 해야 한다. 그야말로 첫 데이트인 셈이다.

오랜만에 대중목욕탕에 왔다. 매일 샤워하는데 굳이 목욕탕까지 올 이유는 없지만, 오늘은 특별한 날! 공들여 목욕을 하고 싶다.

뜨거운 탕 안에 들어가 몸을 불리고, 연두색 이태리 타월로 구석구석까지 때를 민다. 머리도 샴푸를 듬뿍해서 두 번이나 감는다. 그리고 일생 받지 않던 아로마 마사지도 받아본다.

확실히 목욕탕에 다녀오니 화장이 잘 받는다. 데이트가 있을 때마다 목욕탕에 가야 하나?

집에 돌아와서 이 옷 저 옷을 입어본다. 지금까지 입어본 중에서 제일 날씬해 보이는 옷을 입어야 할까?

아니다. 도련님과 만나는 만큼 무조건 어려 보이는 데 중점을 둬야한다. 어려 보인다는 말을 들었던 옷이 어떤 거였더라.

차가 막히리라 생각하고 서둘러 나왔더니 너무 일찍 도착해 버렸

다. 시대가 변했다지만 그래도 남자가 먼저 기다리고 있어야 보기가
좋은 것 같다. 어디 숨었다가 도련님이 나타나면 그제야 도착한 척할
까?

그러나 이미 늦었다. 도련님이 나를 보곤 방긋 웃으며 다가온다.

광화문에서 저녁을 먹고(무슨 음식에 내가 어떻게 먹었는지 기억이
하나도 안 난다. 그저 도련님의 해맑은 웃음만 머금은 것 같다), 지금은
명동 거리를 걷고 있다.

항상 혼자 쇼핑하러 왔던 이 길, 지금은 둘이서 걷고 있다.

쇼윈도에 비친 우리 두 사람의 모습을 보았다. 키도 크고 잘생기고
인상도 너무 좋은 도련님, 그에 비해 뚱뚱하고 심술궂게 생긴 나.

어려 보이려 입은 꽃분홍색 치마가 나를 더욱 초라하게 한다.

사람들은 우리 두 사람을 어떻게 볼까? 이모와 조카 사이? 아니면
돈 많은 여자가 후배를 꼬셨다고 생각하려나? 😊

문득 도련님이 무슨 생각을 하고 있을지 궁금해진다. 쭉쭉빵빵들이
거의 다 벗다시피 하고 활보하고 있는 이 명동 거리에서 나와 다니는
게 혹 쪽팔린 건 아닐까?

괜히 명동으로 왔다. 종로로 갈걸. 종로는 여기보다는 물이 더 후졌
을 텐데.

반대쪽에서 오던 남자가 내 어깨를 툭, 치고 지나간다. 골목마다 사람으로 가득 찬 명동 거리에서는 흔한 일이지만 방심하고 있던 터라 내 몸이 휘청인다. 바로 그때!

위기에 빠진 공주를 구하기 위해 달려온 왕자님처럼 내 손을 잡아주는 도련님. 마치 나를 보호해 주려는 듯이, 그리고 나를 향해 웃어준다.

참 따뜻한 손과 부드러운 미소다.

도련님의 손을 잡고 신나게 명동 거리를 활보한다. 사람들이 우리 둘을 뭐라고 생각하든 그게 무슨 상관인가.

지금 이 순간, 그토록 좋아했던 도련님의 손을 잡고 걷고 있는데.

이 손을 잡고 있는 동안은 어디라도 갈 수 있을 듯하다. 지구 끝까지라도, 어떤 힘든 일이 있어도 이 손을 잡고 걸을 수만 있다면.

선배(先輩),

1. 같은 분야에서, 지위나 나이·학예(學藝) 따위가 자기보다 많거나 앞선 사람. 2. 자신의 출신 학교를 먼저 졸업한 사람 ≒전배(前輩).

모르는 것만 생기면 의지하게 되는 네이버 형님은 '선배' 의 의미를 이렇게 알려주고 있다.

거기에 한 줄을 더 추가하고 싶다.

3. 도련님이 나(이영애)를 부를 때 쓰는 말.

사귀게 된 후로 나는 도련님을 도련님이라 부르지 않는다. 꼭 '원준 씨' 라고 부른다.

아버지를 아버지라 부르지 못했던 홍길동과는 전혀 상관없이, 그저 도련님을 남자로 봤다는 표현으로 그렇게 부르고 있다. 그런데 도련님 은 여전히 나에게 선배님이라고 부른다. 사귀기 전이나 달라진 게 없다.

그냥 "영애 씨" 혹은 "영애야" 이렇게 불러준다면 좋으련만.

지금 나는 또다시 다이어트 중이다.

단식원까지 들어가서도 실패해 놓고 또 무슨 다이어트냐고 물으신 다면 할 말이 없다. 그렇지만 실패할 것을 뻔히 알면서도 다이어트를 결심한 건 그럴 만한 사정이 있기 때문이다.

도련님과 사귀게 된 후 '아름다운 사람들' 에 다시 나가고 있다. 남 자 문제로 이랬다저랬다 하는 게 우스운 일이지만, 대머리의 간곡한 만류 때문이라고 구차한 변명을 하겠다. 그래서 도련님과 나는 소위 '사내연애' 를 하게 된 것이다.

아무도 모르게 둘만의 눈빛을 주고 받는 일, 정말 스릴있고 재미있 다. 그래서 잘 안 됐을 경우의 데미지를 무릅쓰고서 다들 사내연애를 하나 보다.

　여하튼 그러던 중, 도련님과 둘이서만 야근을 하게 되었다. 모두가 퇴근하고 텅 빈 사무실에서 둘만 남아 일을 할 생각만으로도 짜릿짜릿 했드랬다.

　배달시킨 도시락을 먹으며 우린 여느 연인처럼 장난을 했다.

　서로의 반찬을 뺏어 먹으려고 하거나 입에 넣어주는 척하면서 내가 먹어 버리는, 드라마나 영화에서 애정 행각을 벌일 때 흔히 나오는 바로 그런 유치한 장난 말이다. 나이 서른에 뭐 하는 짓이냐고 손가락질 해도 좋다.

　누구나 사랑에 빠지면 유치해지는 거 아닌가?

　그때였다. 도련님의 손이 내 배 부분에 닿았다. 아마 나의 허리를 감싸 안으려고 했던 모양이다.

　"뭐 하는 짓이야?"

　나도 모르게 버럭 소리를 질렀다.

　"죄, 죄송해요, 선배님."

　민망해진 도련님, 아니, 원준 씨가 테이블을 정리하고 자리로 돌아가 일을 시작한다.

　나는 도련님에게 화가 난 게 아니었다. 내 살들에게 화가 난 것이었지. 도련님이 내 뱃살을 느꼈을까?

도련님아, 그렇게 무방비 상태에서 스킨십을 해오면 살들을 수습할 수가 없잖아. 난 그대와는 달리 온몸에 불필요한 살들이 많단 말야. 스킨십을 하려면 미리 힌트를 줘서 수습할 시간을 줘야지.

예를 들어 "우리 키스할까요?" 정도? 흐흐흐.

군살 하나 없는 여자들이 한없이 부러워진다. 그 여자들은 남자친구가 어느 시간이고 어느 때 스킨십을 해와도 당당하게 응할 테지?

정말 부럽다.

그래서 다이어트를 다시 시작하게 된 거다. 이럴 줄 알았으면 단식원에서 꼭 살을 빼고 나오는 건데. 다행히 저녁을 줄였더니 배가 좀 줄어간 듯도 하다. 그리고 도련님만 보면 온몸에 경계경보를 내린 채 계속 긴장 상태를 유지하려고 노력한다.

하지만 움츠러든 도련님은 나에게 접근할 생각을 안 한다. 보통 남자들이 여자를 사귀면 진도를 나가고 싶어 안달한다던데. 한 번 무안을 당했다고 저렇게 몸을 사리다니.

내가 여자로서 매력이 없어서인가?

미안한 마음에 술을 마시자고 했다. 남녀 사이가 어색할 때는 술을 마시는 게 장땡이라는 게 내 지론이다.

한 잔, 두 잔, 한 병, 두 병⋯⋯.

은근슬쩍 반말을 섞어 말하는 걸 보니 도련님도 술이 좀 취한 모양이다. 술이 좀 들어가자 도련님이 자연스레 내 손을 잡는다. 화장실에 다녀와서는 아예 내 옆자리로 옮겨 앉더니 어깨동무도 한다.

부끄러운 척하지만 속으론 음흉한 미소를 짓는 나. 꼭 한 마리 늑대 같다. 이대로 가다가는 조만간 넘지 말아야 할 선을 넘겠는걸? 크크.

술로 흥한 자 술로 망한다고 했던가. 딱 지금 내가 그렇다.

나의 작전에 따라 술에 취해 스킨십을 해왔던 도련님. 그러나 술이 깨면 언제 그랬냐는 듯 전 상태로 돌아가 버린다.

말끝마다 "선배님! 선배님!"을 달고 사는 데다가 극도의 존댓말을 쓰는 건 물론이고, 맨정신에는 절대 나의 손을 잡는 법도 없다. 매일 술을 먹일 수도 없고⋯ 이 일을 어떡해야 하나.

그러나, 문제는 그게 아니었다. 얼결에 엿듣게 된 도련님의 전화 통화는 나에게 적잖은 충격을 주었다.

친구들과 만날 약속이 있었던 도련님. 다들 여자 친구를 데려오는 자리였는데, 도련님은 친구들에게 아직 여자 친구가 없다고 태연하게 말하였다.

나를 친구들에게 소개시키기가 창피했나?

굳은 얼굴로 서 있는 나를 발견하고는 미안하다고 사과하며 아직 전 여자 친구와 헤어진 지 얼마 안 돼서 말하기가 민망했다느니, 별로 친한 친구들이 아니라느니, 이런저런 변명을 늘어놓는다. 아무렇지 않은 얼굴로 괜찮다고 했지만,

사실 난 전혀 괜찮지가 않다. 비참한 기분이다.

🙍 다이어트는 무슨 우라질 다이어트! 냉장고에 있는 모든 음식을 다 먹어치울 테다. 집에 오자마자 무서운 기세로 밥을 몇 공기나 먹고 아이스크림을 퍼 먹기 시작했다.

그래도 속이 허하다.

골뱅이 무침을 만들어 캔맥주를 다섯 개나 먹어 치웠다.

그래도 속이 허하다.

도대체 뭘 먹어야 이 허전함을 채울 수 있단 말인가.

그때 핸드폰이 울려서 액정화면을 보니 도련님이다. 받아야 되나 말아야 되나 한참을 생각하다가 전화기를 집어 들었다.

도련님이 우리 집 근처에 와 있다고 한다. 늦은 시간이라 나가기 좀

그렇다는—매일 새벽까지 술을 마셨던 나다—말도 안 되는 핑계를 대면서 한 손으로 열심히 비비크림을 바르고 눈썹을 그리는 중. 도련님에게 민망한 쌩얼을 보여줄 수는 없다!

집 근처 놀이터로 가보니 도련님이 나를 기다리고 있었다. 내가 다가가자 등 뒤에 감추어둔 꽃다발을 불쑥 내민다.

세상에… 이렇게 예쁜 꽃다발은 내 평생 본 적이 없다. 꽃다발을 몇 번 받아보지도 못했지만, 그래도 보는 눈은 있다.

도련님이 미안하다며 가져온 꽃다발은 세상에서 가장 예쁜 꽃다발이고, 세상에서 가장 향기로운 꽃다발이다. 너무나 감동스럽다.

갑자기 배가 불러온다.

그렇게 먹어도 먹어도 배가 차지 않더니 도련님의 말 한마디, 미소한 방에 기냥 배가 부르다. 이럴 때 여자는 다소곳이 행복한 미소만 짓다가 조용히 집으로 들어가야 한다. 그런데,

"술 마신 김에 얘기할게. 솔직히 나 오늘 속상했어. 난 너랑 사귀기로 한 다음에 모든 걸 너한테 맞춰놓고 있는데, 넌 아닌 것 같더라. 사귀는 사이면 그래야 되는 거 아냐?"

나도 모르게 서운했던 감정이 살아나며 속내를 털어놓았다. 도련님

은 당황스러운 듯 나를 뚫어지게 바라본다.

　"그렇게 보지 마. 쪽팔린다. 갈게."

　갑자기 도련님이 나의 허리를 잡는다. 헉! 안 돼! 지금도 잠시 긴장을 풀었단 말야. 게다가 오늘 저녁을 얼마나 많이 먹었는데.

　"그거 아세요? 선배님, 되게 귀여운 사람이에요."

　도련님의 얼굴이 점점 다가온다. 혹시 지금 키스하려는 건가? 지금은 안 되는데! 그러나 마음과는 달리 나의 눈은 이미 감겨 있었다.

　키스할 때의 기분이 어땠느냐는 그런 질문은 하지 말기를 바란다.

　당신들이 경험한 가장 황홀했던 키스! 바로 그랬으니까.

내 인생 최고의 휴가

점심을 먹으러 가는데 도련님이 살짝 나의 곁으로 다가온다.

"선배님, 휴가 때 같이 여행 갈까요?"

하마터면 넘어질 뻔했다.

휴가라……. 나에게 휴가란 집에서 방콕을 하던가, 대학 동창들을—물론 다 여자—모아서 강원도나 안면도에 며칠 다녀오는 게 전부였다.

그런데 올해는 다르다. 나에겐 함께 여행 갈 남자 친구가 있는 것이다. 그것도 4살 연하의 꽃미남!! 우홋!

지금 나는 철도청 홈피에 들어가 기차표를 예매하고 있다. 펜션은 도련님이 예약한다고 했고, 기차표는 내가 끊기로 했다. 차를 가져갈 수도 있지만 기차로 가자고 설득했다.

남자 친구와 달리는 기차에 나란히 앉아 푸른 파도가 넘실대는 바닷가로 놀러가는 것!

그것이 오랫동안 내가 꿈꾸던 낭만적인 휴가 모습이다. 그래서 차가 없으면 불편할 거라며 고개를 갸웃하는 도련님을 설득했다.

그런데 같이 여행을 가자는 건 무슨 의미일까? 분명히 같이 자자는 뜻이겠지?

아마도 그럴 것이다. 성인 남녀가 단둘이 여행을 가는데 설마 물놀이 하고 고기만 구워 먹다가 돌아오지는 않겠지. 그렇다면 난 뭘 준비해야 되나?

"영애 씨, 더워? 왜 이렇게 얼굴이 빨개?"

도련님과 단둘이 휴가를 보낼 생각에 나도 모르게 얼굴이 빨개졌나 보다. 안 되겠다. 얼음물이라도 한 잔 마셔야지.

녹차랑 커피믹스를 사러 편의점에 다녀오는 길에 남자랑 단둘이 여행에 가본 적이 있냐고 지원이에게 슬쩍 물어보았다.

헉! 지원이는 무려 7번이나 다녀왔단다! 그것도 신혼여행은 빼고!

"그래도 제일 기억에 남는 건 첫 상대였던 환석 선배야. 그 사람도 처음이었거든. 둘 다 얼마나 헤맸던지… 호호호."

자기 추억에 빠진 지원이가 그때 기분이 어땠다는 둥, 사실 테크닉은 별로 중요하지 않다는 둥 주절주절 얘기를 해댄다.

지원이의 이야기를 들으며 새삼 나는 뭐 했나 싶어 한숨이 나온다. 그나마 젊고 어렸을 때 남자랑 사귀어도 보고, 같이 여행도 가고, 잠도 잤어야 되는데……. 그치만 뭐, 이제부터 경험하면 되니까.

❤

여행 전의 몇 가지 준비.

1. 생리 기간 관리

아차! 그런데 한 가지 걸리는 게 있다.

도련님과 같이 여행 가는 휴가가 마침 생리 기간과 겹친다. 여행 가는 친구들한테 들으니까 생리를 늦추는 약이 있다고 했던 것 같다.

약 먹은 다음 달에는 생리 양도 많아지고 조금 힘들긴 하지만, 그래도 여행 갈 때는 그 약을 쓸 수밖에 없다고 했던 게 기억난다.

동네 약국에서 생리 늦추는 약을 사려고 몇 바퀴를 돌다가 포기하고 마을버스를 탔다. 어릴 적부터 살아서 그런지 가는 곳마다 아는 얼굴이다. 오랫동안 알고 지내온 동네 사람과 반갑게 인사를 하곤 바로 약사에게 "생리 늦추는 약 주세요!" 이럴 수는 없지 않은가.

두 정거장 떨어져 있는 약국으로 가니, 마침 여자 약사가 운영하는 약국이다.

"무슨 일로 오셨어요?"

"아, 예. 제가 이번 휴가 때 바닷가에 놀러가거든요. 그런데 하필이면 마침 생리를 하네요. 바닷가만 아니었어도 약을 먹지는 않을 텐데. 그 먼 데까지 가서 그냥 오긴 그렇잖아요."

찔려서 그런가? 묻지도 않은 얘기를 두서없이 주절댄다. 약사가 속 보인다는 표정으로 약을 건넨다.

"피임약, 여기요. 즐거운 여행되세요."

2. 섹시하면서도 날씬해 보이는 속옷

백화점 속옷 매장에 들렀다. 속옷을 고를 때면 편한 게 최고라는 지론 아래 디자인은 별로 고려하지 않았지만, 오늘만은 예외다. 최대한 섹시하게 보일 수 있는 속옷을 고른다. 물론 섹시하면서도 최대한 날씬해 보일 수 있는 디자인으로 골라야 한다.

3. 전신 피부 관리

집 근처 피부 관리실에서 전신 마사지도 받았다. 나의 널찍한 등짝을 주무르며 땀을 삐질삐질 흘리는 피부 관리사가 좀 딱하기도 했지만 어쩔 수 없다. 남의 돈 벌어먹기가 원래 쉬운 일은 아니니까 뭐.

참, 콘돔은 어떻게 해야 되지? 아무리 경험이 없다지만 나이가 나이인지라 웬만큼 알 건 안다. 어차피 피임약을 먹으니까 상관없으려나? 그래도 혹시나 모르니 피임을 위해서, 나 자신을 지키기 위해서도 콘돔은 필수라고 들었는데. 하지만 어느 잡지에선가 보니 잠자리에서 먼저 콘돔을 건네는 여자는 분위기를 망친다고 하던데. 어떡하지? 도련님이 준비하겠지 뭐.

자, 이제 떠나기만 하면 된다. 모든 준비가 완벽하다.

휴가 가는 날까지 다이어트를 하려고 했는데 또 달콤한 악마가 나를 유혹한다.

여기는 도련님과 자주 왔던 카페 앞이다.

여기 케익이 정말 맛있었는데. 그래, 오늘까지만 먹자. 다이어트야 내일부터 하면 되지. 케익 몇 조각 먹었다고 많이 달라지지는 않을 것이다.

블루베리 치즈케익이랑 티라무스랑 고구마 케익을 각각 한쪽씩 포장해 달라고 했다.

도련님이랑 여기 왔던 게 언제였더라? 지난주 금요일이었나? 퇴근하고 스파게티를 먹은 후 여기 와서 커피랑 케익을 먹었었는데. 그때 도련님과 무슨 얘기를 했더라? 아마도 서로의 학창 시절을 얘기하며 많이 웃었던 것 같다. 그리고 카페를 나설 때 내가 자연스럽게 팔짱을 꼈드랬지.

그때의 기분에 취해 카페를 둘러보다가 어느 한곳에 시선이 멈춘다.

시선이 멈춘 곳, 그곳에 도련님이 있었다.

동네 친구와 선약이 있다며 칼퇴근을 한 도련님이 왜 여기 있는 거지? 옆에 앉아 있는 여자는 또 누구야? 왜 여자랑 함께 있는 거야? 근데 저 얼굴은 낯이 익은데… 누구더라?

맞다! 도련님의 전 여자 친구다. 몰래 미니홈피에 들어갔을 때 본 사진 속의 얼굴이 분명하다.

229

근데 두 사람이 왜 함께 있는 거지? 분명히 헤어졌는데… 도련님은 나를 사귀고 있는데…….

무슨 일인지 여자가 눈물을 흘리고 있고, 도련님은 그 모습을 안타까운 얼굴로 바라본다. 여자는 한참을 울며 뭐라고 얘기를 하다가 도련님에게 안긴다. 도련님은 가슴 아픈 표정으로 여자를 안아준다.

마치, 마치 애절한… 여인처럼……. 😟

말도 안 돼! 이게 무슨 시추에이션이란 말야!

서둘러 카페를 나오려 하는데 몸이 움직이질 않는다. 너무 충격을 받으면 몸이 말을 듣지 않는 건가?

그 순간! 도련님과 눈이 마주쳤다. 당황한 나는 서둘러 케익 값을 치르고 카페를 빠져나왔다.

어느새 쫓아왔는지 도련님이 나를 붙잡고 사정을 설명한다.

전 여자 친구와는 헤어졌지만 연락은 하고 지내는 사이란다.

아버지가 갑자기 많이 아프셔서 너무 힘들어한다고, 그래서 만나 위로해 주고 있었을 뿐이라고.

나는 이해할 수가 없다.

더 힘든 일이 생기면 어쩔 건데? 그럼 나를 버리고 달려갈 건가?

더군다나 나한테 거짓말을 하고 만나다니. 이건 정말 생각지도 못
한 일이다.

아니다. 도련님의 말처럼 정말 별거 아닌 일일지도 모른다. 그냥 정
에 이끌려 한 번 만난 것뿐인데 내가 너무 민감하게 구는 건지도 모른
다. 연상의 미덕은 이해심에 있다는데, 너그럽게 넘어가 줘야 하는 게
당연하지 않나?

한참을 생각한 후에 겨우 입을 떼어,

"원준 씨! 우리, 헤어지자."

해피엔딩을 원하십니까?

기차표를 끊고 기차에 오른다.

출발 시간이 되자 기차는 정확하기 출발하기 시작한다.

서울을 뒤로한 채 달리는 기차 안.

그러나 내 옆은 빈자리다.

지금 나는 도련님과 같이 가려 했던 그 길을 홀로 가고 있다.

갑자기 눈물이 나온다.

내 인생 최고의 휴가를 보낼 거라는 생각으로 너무 행복했는데,

또다시 혼자다.

앞을 봐도 뒤를 봐도 쌍쌍이 앉아 있는 연인들뿐이다.

다들 설레임과 흥분으로 들떠 있다.

궁상맞게 괜히 혼자 온 건가?

막상 예매한 기차표를 취소하려니 그게 쉽지 않았다.

'취소하시겠습니까?' 라는 질문에 '예' 를 누르는 순간,

도련님과의 모든 추억도 함께 취소될 것만 같았다.

유리창 너머로 빠르게 지나가는 풍경을 보며 찬찬히 생각해 본다. 돌이켜 보니 도련님은 나를 좋아한 게 아니었던 것 같다. 자기 때문에 내가 회사를 그만둔 것 같아 죄책감에 충동적으로 사귀자는 말을 내 뱉은 것이다.

알고 보니 단식원으로 나를 찾으러 온 것도 대머리가 시킨 일이라 고 했다. 그때는 누가 시켜서 오든 말든 그게 뭐가 중요한가라고 생각 했지만, 그게 아니었다.

그래도 헤어지자는 말은 안 하는 게 나았나?

또다시 외로운 솔로 생활로 돌아갈 생각을 하니 한숨이 나온다. 지 금까지 그랬던 것처럼 크리스마스 이브나 발렌타인 데이를 연인들 저 주하는 일로 보내야 한다.

어쩌면 이게 다 내가 못난 탓인지도 모른다.

내가 좀 더 날씬하고 예뻤다면 나만을 사랑했을 거고, 헤어진 여자친구를 만나는 일 같은 건 하지 않았을 것이다. 그런 생각이 꼬리를 물자 또 눈물이 나려 한다.

드디어 바다에 도착했다.

모처럼 가슴이 탁 트이는 느낌이다.

가슴 깊이 숨을 들이마시고 내뱉는다.

후회와 절망과 한숨은 내뱉고

희망을, 세상을 들이마시려 노력해 본다.

잘했다. 여기 오길 잘했다. 도련님과 헤어진 것도 잘했다.

사랑은 나를 진심으로 사랑하는 사람과 다시 시작하면 된다.

쓸데없는 자책은 하지 말자.

후회도 하지 말자.

난 내 가슴이 이끄는 대로 사랑하고, 헤어졌다.

지나고 나면 이 모든 게 추억일 뿐이다.

바닷가가 한눈에 보이는 찻집에 앉아 허브차를 마시며 생각한다.

난생처음 혼자 떠나온 여행,

이 여행으로 나는 나와 더욱 친해지게 되었다. 내가 어떤 사랑을 꿈꾸고, 어떤 미래를 꿈꾸는지 구체적으로 알게 되었다.

나를 돌아보고, 나를 알게 되고, 나를 사랑하는 것.

어쩌면 살아가는 데 가장 중요한 일인지도 모른다. 나조차도 사랑하지 않는 이가 그 누구와 진실한 사랑을 나눌 수 있겠는가.

다시 한 번 다짐한다. 그 어떤 일이 있어도 나와는 헤어지지 않을 거라고. 나 자신에게 화가 나서 지지고 볶고 싸우는 일이 있더라도 화해할 거라고.

서울로 올라가는 기차 안에서는 이런 생각도 해본다.

왜 드라마건 영화건 남자와 헤어지면 해피엔딩이 아닌 것일까?

신선한 바닷바람과 희망, 그리고 나에 대한 확신과 자신감을 실컷 마시고 서울을 향해 돌아가는 바로 이 순간,

나는 행복하다.

나와 잘 지내는 동안은 무조건 해피엔딩이다.

Q 제 손으로 커피를 타는 적이 없어요!

저는 소심한 a형 최모양입니다. 원래 A형이 소심하고 겁이 많지만, 저는 특히 소심한 '소문자 a형' 입니다. 얼마나 소심하면 A형 조차 못 되고 a형이겠어요.

이런 제가 요즘 잠을 이루지 못합니다. 그건 재수없는 김 부장 때문 이에요.

그 인간은 하루에 커피를 열 잔씩 마시는데 꼭 저를 시킵니다.

제 손으로 타 마시는 걸 한 번도 못 봤어요.

제가 뭐 그 인간에게 커피 타서 바치기 위해 회사에 들어갔나요?

소심한 성격에 뭐라고 할 수도 없고 미치겠어요.

저, 어떡하면 좋을까요?

최모양, 깜짝 놀라실지 모르겠지만 저도 A형입니다.

A형이라고 해서 무조건 자신을 소심하다고 생각하고 위 축되면 안 됩니다.

사람은 누구나 소심한 면이 있는 거잖아요.

최모양의 고민에 동감합니다. 저희 회사 대머리 사장도 지 손으로 커피 한 잔 타 먹는 꼴을 못 봤거든요.

그렇다고 뭐라 한다고 해서 들을 인간도 아니구요.

그래서 저는 나름대로 스트레스 해소 방법을 찾았습니다.

그런 인간들에게 특수 커피를 타주는 거예요.

김 부장에게 줄 커피를 탈 때 구두굽으로 저어보세요.

출근길에 실수로 똥을 밟았다면 더욱 대박인 거 아시죠?

재수없는 김 부장이 그 커피를 마시는 순간 온몸에 전율이 생길 겁니다. 심지어 나중엔 커피를 타주겠다고 자청하게 될지도 모릅니다.

참, 여름에 아이스 커피 탈 땐 온몸을 문지른 얼음 넣어주는 거, 잊지 마세요.

 저희 사장님은 녹차를 드시는데 어떡하죠?

영애 씨, 저는 5년째 회사에 다니고 있는 윤모양입니다.

재수없는 직장 상사 응징법을 잘 봤어요.

왜 저는 진작에 그런 생각을 못했을까요.

영애 씨가 말한 대로 커피를 타니까 스트레스가 쫘악 풀리더라구요.

그런데요, 얼마 전부터 제가 싫어하는 박 과장은 녹차를 마시고 있습니다.

녹차의 경우엔 어떻게 해야 하나요?

 윤모양, 주위를 둘러보세요.
세상은 자신이 원하는 만큼만 보입니다.

재수없는 박 과장이 녹차를 마신다고 해서 응징을 못하는 건 아니라는 거, 아시죠?

가끔씩 회사에 출몰하는 각종 벌레를 잡아서 말려두세요.

그 벌레를 숨겨두고 녹차를 탈 때 우려내 보세요.

정말 끝내주는 녹차가 완성된답니다.

참고로 저는 바퀴벌레를 애용하고 있습니다.

 회식 자리에서 성희롱을 해요~
안녕하세요, 영애 언니.

저는 사회 생활한 지 6개월밖에 안 된 풋내기 회사원입니다.

언니의 충고를 가슴에 새기며 열심히 일하고 있어요.

근데요, 저희 회사 이 부장님은요, 회식할 때 꼭 성희롱을 해요.

기분 나쁠 만큼 야한 농담을 하질 않나, 억지로 러브샷을 하자고 하지를 않나.

신입사원인데 대놓고 기분 나쁜 티를 낼 수도 없고. 어쩌면 좋죠?

 정말 나쁜 인간이네요.

왜 딸 같은 여직원들을 괴롭히는지.

사실 우리 여자들도 잘생기고 멋진 남자들 보면 러브샷 하고 싶고

엉덩이라도 툭툭 쳐주고 싶지만 꾹 참는 거잖아요. 안 그래요?

아니다. 이건 이 상황에 맞는 말이 아니네요. 안 들은 걸로 해주세요.

제가 막돼먹은 응징법을 알려드릴게요.

회식 장소가 어디냐에 따라 달라지는데요,

만약 횟집에서 회식을 했다면, 이 부장의 구두에 초장을 살짝 넣어두세요.

신발을 신고 집에 돌아가 기겁할 그 인간의 얼굴이 눈에 선하죠? ㅋㅋ

곱창집이나 고깃집이라면 한 쌈 크게 싸서 이 부장의 주머니에 넣어보세요. 무심코 손을 넣었다가 기겁할 이 부장을 생각하면 웃음이 절로 날 거예요.

그걸로도 속이 풀리지 않는다면, 대리운전을 불러주겠다고 자청한

뒤에 취한 이 부장을 차에 밀어 넣고 주무시고 계시라고 하는 거예요.

물론 대리운전은 부르지도 말아야죠.

재수없는 그 인간은 차 안에서 대리운전 기사를 기다리며 밤을 새우게 될 거예요.

후한이 두렵다구요? 걱정 마세요.

다음날 추궁을 받으면 아무 데나 전화를 건 후, 대리운전회사에 화내는 척 생쑈를 하면 됩니다.

단, 이 방법은 재수없는 직장 상사가 술에 엄청 취해 있을 때만 써야 합니다. 꼭 명심하세요.

Q 회사가 빵집인가, 빵을 가져오래요~

영애 씨, 안녕하세요. 강남에 있는 회사를 다니고 있는 임모 양입니다.

상황에 맞는 직장 상사 응징법을 많이 알려주셔서 정말 고맙습니다.

저희 회사 고 대리도 진상 중의 진상이거든요.

회사가 빵집도 아닌데, 만날 빵을 가져오래요. 그래서 제가 나름대로 개발한 방법이 빵을 일부러 떨어뜨린 후 털어내고 가져다주는 겁니다.

별건 아니어도 속이 좀 풀리더라구요.

제가 잘하고 있는 건가요?

 임모양! 당신을 나의 수제자로 임명합니다.
바로 그것입니다. 인생은 자기가 개척하는 겁니다.

가슴이 뿌듯합니다. 눈물이 다 나려 하네요.

지금도 잘하고 있지만 제가 몇 가지 더 알려드리자면, 빵에 쨈을 발라

줄 때는 꼭 침을 뱉어 주세요. 임모양의 분노와 짜증을 모두 담아서요.

그걸로도 부족하다면, 빵으로 땀을 닦은 후 주는 방법도 있지요.

이걸로도 부족하다면 또 연락주세요.

같이 아이디어 회의해 줄게요.

임모양! 언제 한번 만나서 술 한잔하고 싶네요!

How to play "각종먹거리" 실사판

 Q 으악! 변태다!

안녕하세요. 저는 수원에 사는 김모양입니다.

이상하게 저는 어렸을 때부터 변태를 참 많이 만나요. 여고 시절 등

곳길부터 시작해서, 술 마시고 집에 돌아가다 보면 여지없이 출몰하는 변태들!

어떻게 응징해야 할까요? 꼭 알려주세요.

 막돼먹은 이영애입니다.

김모양처럼 저도 변태들을 남부럽지 않게 많이 만났습니다.

술을 좋아해서 늦게 귀가하다 보면 그들과 꼭 마주치게 되거든요.

대개 헐렁한 추리닝이나 바바리코트를 즐겨 입는 그들.

의외로 생긴 건 변태스럽지 않고 평범한 경우가 많죠.

그들과 마주치면 절대로 소리를 지르거나 무서워하는 기색을 보이면 안 됩니다.

오히려 가소롭다는 표정으로 빤히 쳐다보다가,

"그게 다냐?"

나직하게 내뱉으며 핸드폰 카메라를 들이대 줍니다.

그러면 변태남들은 열나 도망치기 바빠집니다.

대부분 소심한 성격의 소유자들이거든요.

쫓아가며 한마디 더 던져 주는 센스를 잊지 않으시길 바라요.

"야! 어디 가? 흥분시켜 놓고 어디 가냐구!!"

Q 버스에서 매너없이 큰 소리로 통화를 해요~

영애 씨, 안녕하세요. 평범한 회사원 박모양입니다.

저는 매일 안양에서 광화문까지 버스로 출퇴근을 하는데요,

아침마다 깻잎머리를 한 고딩들과 같은 버스를 탄답니다.

그런데 이 친구들이 매너없이 큰 소리로 핸드폰 통화를 하는 바람
에 너무 괴로워요.

게다가 통화의 절반 이상은 다 욕이구요.

저도 상쾌한 기분으로 출근하고 싶습니다. 어떡하면 좋을까요?

막돼먹은 이영애입니다.

출근길에 고딩들과 같은 버스를 타는 경우가 많죠.

그런데 그들의 대화는 보통 존나로 시작해서 십장생 같은

차마 입에 담을 수 없는 욕으로 끝나는 경우가 많은 게 사실입니다.

일단은 어른답게 좋은 말로 충고를 해보세요.

아무 소용 없다구요? 오히려 대화를 나누는데 무슨 상관이냐고 싸
가지없이 대든다구요?

그럼 이렇게 해보세요.

"진정한 대화가 뭔지 보여줄까? (핸드폰으로 아무 데나 전화를 거는 척하면서) 어. 나 지금 버스타고 회사 가는 길인데, 존나게 개나리스런 고딩 땜에 대따 짱나거든? 이것들을 그냥 확 반으로 접어서 척수랑 뒤꿈치랑 맞닿게 좀 해줄까? 쓸개 쓴 맛 좀 올라오게 해줘?"

아마 버스 안은 소림사처럼 조용해질 겁니다.

Q 뚱뚱하고 못생긴 게 훈남이랑 다닌다고 씹어요. ㅠㅠ
못돼먹은 영자 씨, 안녕하세요. 고민거리가 있어 상담합니다.

저는 경주에 사는 천모양인데요.

지금 사귀는 남자친구가 좀 잘생긴 편이에요.

그에 비해 저는 키도 작고 통통한 체형이거든요.

저도 그렇게 멋있는 남친이 있는 게 믿어지지 않고 가끔은 불안하기도 해요.

그런데 남친과 같이 데이트를 하다 보면 사람들이 쑥덕거려요.

여자가 너무 후졌다, 조카 이모 사이 아냐? 남자가 성격이 좋나 보다, 심지어 제가 돈이 많아서 남친이 사귀는 거 아니냐고도 하더라구요.

남들이 뭐라든 무슨 상관이냐 싶으면서도 속이 상하네요.

어떻게 해야 할까요?

경주에 사는 천모양, 일단 저는 '못돼먹은 영자'가 아니라 '막돼먹은 영애'입니다.

제 얼굴에는 '영애'란 이름보다 '영자'란 이름이 어울린다는 걸 알지만 조금 빈정이 상하네요.

그치만 억지로 마음을 다잡고 대답을 해드리겠습니다.

일단 아직도 그런 몰상식한 인간들이 있다니 화가 나네요.

자기들끼리 떠드는 건 몰라도 상대방이 듣게 그런 얘기를 한다는 건 정말 매너가 없는 인간입니다. 그런 인간들한텐 이렇게 응징하는 수밖에 없습니다.

일단 최고로 무서운 표정으로 다가가세요. 그리고 이렇게 말해주는 겁니다.

"이봐! 당신들 말대로 나, 돈 많거든!

죽도록 패주고 일억씩 쏴주는 수가 있으니까 그 입 다물지!"

그리고 핸드폰을 열어 어디론가 전화를 합니다.

"김 기사, 전용 헬기 가지고 당장 일루 와. 지금 기분 꽝이니까."

대답이 되셨나요?

다시 한 번 말씀 드리지만 저는 '막돼먹은 영애'입니다.

제가 원래 뒤끝이 좀 있는 성격이라서요.

 Q 집 근처 골목에서 고딩들이 담배를 피워요~

반갑습니다, 영애 씨. 저는 인천에 사는 한모양입니다.

주변 사람들로부터 영애 씨랑 성격이 비슷하다는 얘기를 많이 들어요.

좀 입이 거칠고 성격도 막돼먹고… 그런 편이죠.

그래서인지 영애 씨가 왠지 참 좋고 편하네요.

이렇게 제가 글을 보내는 이유는 한 가지 상담을 드리기 위해서입니다.

얼마 전부터 저희 집 앞 골목에서 남자 고딩들이 삼삼오오 모여서 담배를 피웁니다. 세상이 어찌 될려고 그러는지.

어떻게 고딩들이 사람들 지나다니는 골목에서 대놓고 담배를 피울 수가 있습니까? 성격 같아서는 바로 달려가 뭐라고 해주고 싶은데, 고딩들이 사실 무섭잖아요.

어떻게 해야 될까요?

 한모양, 정말 반갑습니다.

저도 왠지 한모양이 친근하게만 느껴집니다.

담배 피는 고딩들을 보며 욱하는 마음, 누구보다 제가 잘 알고 있습니다.

그렇지만 아시죠? 떼로 모여 있는 것 중에 제일 무서운 게 바퀴벌레와 고딩인 거요.

일단 고딩들이 몇 명이냐, 상대할 수 있느냐를 가늠해 보시고

만만하다 싶으면 뒤통수라도 갈기면서 충고를 해보시고요,

만약 떼로 덤빌 것 같다 싶으면 무조건 삼십육계 줄행랑입니다.

참, 도망칠 땐 비겁하게 모래를 눈에 뿌린 후 도망치세요.

그래야 안전합니다.

한모양, 파이팅!

🌸 지긋지긋한 솔로 생활! 이젠 청산하고 싶으시죠?
당신이 솔로를 탈출할 가능성은 얼마나 될지 알아봅니다.
해당되는 사항에 체크하세요~

☐ 혼자 여행하는 걸 즐긴다.

☐ 영화는 극장에 가기보다 다운받아서 보는 편이다.

☐ 혼잣말을 많이 한다.

☐ 주변 사람들로부터 눈이 높다는 말을 많이 듣는다.

☐ 남녀 관계에 우정이란 없다고 생각한다.

☐ 맺고 끊는 게 정확한 성격이다.

☐ 술 마시면 항상 마지막까지 말짱하게 남아 뒤치다꺼리를 한다.

☐ 여자끼리 노는 게 훨씬 재미있다.

☐ 몇 년째 같은 머리 스타일을 유지하고 있다.

☐ 내숭을 싫어해서 남자 앞에서와 여자 앞에서 똑같이 행동한다.

☐ 여자들에게 인기가 많은 편이다.

☐ 애완동물을 가족처럼 사랑한다.

☐ 나보다 못한 남자와는 만나기 싫다.

□ 나는 독립적인 여성. 고로 데이트 비용은 분담한다.

□ 앞머리는 스스로 자른다.

□ 소개팅 후 첫인상이 아니다 싶으면 두 번 다시 만나지 않는다.

□ 운명적인 사랑을 믿는다.

□ 남자에게 선물을 받으면 부담스럽다.

□ 낯선 사람들과 어울리는 게 싫다.

□ 남자의 농담에도 지나치다 싶으면 정색을 한다.

* 0~5개:웬 걱정? 당신은 조만간 솔로를 탈출할 겁니다.

　　　　　남들이 재수없다 욕하더라도 신경 끄고 지금처럼 사세요.

* 6~10개:슬슬 걱정을 해야 하는 당신.

　　　　　솔로탈출을 위해서는 노력이 필요합니다.

* 11~20개:걱정조차 하지 않는 당신.

　　　　　솔로생활이 더 편하게 느껴지시죠? 세월은 금세 흐른다

　　　　는 것만 기억하세요.

Bonus & Bonus!
2. 당신이 44사이즈를 입을 가능성은?

♥마음에 드는 옷을 사이즈 때문에 포기한 적이 있으시죠?

당신의 습관을 통해 문제점을 알아봅니다.
해당되는 사항에 체크하세요~

☐ 난 살이 안 찌는 체질이다.
☐ TV에서 자장면이나 라면을 먹는 장면이 나오면 꼭 나도 먹어야
   한다.
☐ 음식을 남기는 건 죄라고 생각한다.
☐ 택시를 많이 이용하는 편이다.
☐ 부모님이 나에게 딱 보기 좋은 상태라고 하셨다. 난 부모님을
   믿는다.
☐ 술배와 밥배가 따로 있다.
☐ 안주발을 세우는 편이다.
☐ 빵을 먹으면 꼭 밥을 먹어야 한다.
☐ 주전부리를 좋아한다.
☐ 빨리 먹는 편이다.
☐ 딱 붙는 옷을 싫어한다.
☐ 같이 맛집을 찾아다니는 동성친구가 있다.
☐ 가끔은 고기를 먹어줘야 힘이 난다.
☐ 누가 산다고 하면 평소보다 많이 먹는다.
☐ 스트레스를 받으면 먹는 걸로 푼다.
☐ 스타벅스에 가면 꼭 케익도 주문한다.

☐ 아무리 배가 불러도 먹을 게 앞에 있으면 손이 간다.

☐ 먹으면 졸려서 바로 자는 경우가 많다.

☐ 라면은 꼭 밥까지 말아 먹는다.

☐ 자장면을 먹을 때 다 같이 먹는 군만두부터 먹고, 내 몫의
자장면은 나중에 먹는다.

＊ 0~5개:지금도 말라깽이임이 분명한 당신.

친구들 앞에서 다이어트 얘기는 꺼내지 마세요.

맞는 수가 있으니까요.

＊ 6~10개:55~66 사이즈 입으시죠?

운동과 식이요법을 병행한다면 44 사이즈도 가능합니다.

조금만 분발하세요.

＊ 11~20개:당신은 지금 44 사이즈로 고민할 때가 아닙니다.

잘못된 식습관 때문에 건강이 좋지 않을 수도 있어요.

힘들더라도 음식에 대한 집착부터 떨쳐 버려야 해요.

Bonus & Bonus!

3. 당신의 사춘기 기질은?

당신을 "아줌마"라고 불렀던 그 사람.

법이 무서운 걸 몰랐다면 주먹을 날렸을지도 모릅니다.

당신의 아줌마 기질은 얼마나 될까요? 해당되는 사항에 체크하세요~

☐ 버스나 지하철에 자리가 나면 뛰어가서 앉는다.

☐ 맨얼굴로 외출한다. 가끔은 세수 안 하고 외출하기도 한다.

☐ 뷔페에 갈 때는 음식을 싸오기 위해 밀폐용기를 준비해 간다.

☐ 양산을 쓴다.

☐ 처음 보는 사람과 스스럼없이 대화를 나눈다.

☐ 배가 고프면 혼자 식당에 들어가 밥을 사먹는다.

☐ 슈퍼주니어 멤버들을 보면 가슴 떨리기보다는 뿌듯하다는
　느낌을 받는다.

☐ 물건 값을 깎으려고 아저씨의 농담을 받아준다.

☐ 패밀리 레스토랑보다 고깃집이 좋다.

☐ 모임에서 제일 목소리가 큰 편이다.

☐ 머리를 할 땐 오래갈 수 있는가를 생각한다.

☐ 공짜라면 뭐든지 챙기고 본다.

☐ 미장원이나 병원에 가면 다른 잡지보다 여성지에 손이 간다.

☐ 동성친구와 전화 통화를 매일 2시간 이상 한다.

☐ 특별세일 물건을 사려고 백화점 개장 전에 문 앞에서 죽친
　적이 있다.

□ 잘생긴 남자는 부담스럽다. 곰돌이 스타일의 남자가 좋다.

□ 아무 데서나 화장을 고치는 편이다.

□ 시식 코너를 그냥 지나치지 못한다.

□ 꽃이나 인형을 선물 받으면 돈이 아깝다는 생각이 든다.

□ 음식점은 양이 푸짐한 곳이 좋다.

* 0~5개:누가 당신보고 아줌마래?

　　　　당신을 아줌마로 착각하는 사람은 안과에 가봐야 할

　　　　사람들입니다.

* 6~10개:아줌마로 보일 수도 있으니 조심하세요.

　　　　열 명 중 대여섯은 당신을 아줌마로 생각할 수도 있습니다.

　　　　잘 보이고 싶은 사람이 있다면 신경 쓰세요.

* 11~20개:당신을 대한민국 아줌마로 임명합니다!

　　　　부인하려 해도 당신은 이미 아줌마의 기질이 농후합니다.

　　　　아줌마라고 불리는 것에 대해 무감각해지는 수밖에

　　　　없을 듯하군요.